사막에서 온 눈물

사막에서 온 눈물

초판 1쇄 인쇄일 2022년 4월 08일
초판 1쇄 발행일 2022년 4월 15일

지은이 신필
펴낸이 양옥매
디자인 표지혜 김영주
교　정 조준경

펴낸곳 도서출판 책과나무
출판등록 제2012-000376
주소 서울특별시 마포구 방울내로 79 이노빌딩 302호
대표전화 02.372.1537　**팩스** 02.372.1538
이메일 booknamu2007@naver.com
홈페이지 www.booknamu.com
ISBN 979-11-6752-141-5 (03810)

사막에서 온 눈물

눈물

신필 수필집

책과무

글의 힘이 되어 주신 아버지

내가 어려서 자란 동네는 숲 마을, 거북뫼이다. 아버지의 고향에서 나도 태어났다. 옹기 가마터가 있고 아카시아꽃이 흐드러지게 피는 언덕 위로 마을 어린애들은 풀피리를 불며 오르내렸다. 산 너머 금빛 모래톱이 펼쳐진 내로 가는 길목이었기 때문이다.

나의 꿈에서는 아직도 고향의 동네와 길이 그대로 보존되어 있다. 눈 온 아침, 눈을 치우려 고무래를 끄는 삼촌을 따라 강아지와 올목 고갯마루까지 뛰기도, 무더운 여름 매미를 잡으러 미루나무에 맨발로 오르기도 한다. 고향 집 뒤란에 서 있는 대추나무 아래 아버지가 만들어 주신 철봉에 거꾸로 매달려 노래를 부르기도, 비 오는 날 아버지께 우산을 가져다 드리기도 한다.

아버지는 고향뿐만 아니라 내게 정신적 유산으로 많은 것을 물려주셨다. 식물을 가꾸고 사랑하는 손, 선한 말씀을 경청하는 자세, 책을 즐겨 읽는 습관, 그리고 아름다운 것에 눈시울을 붉히는 감성까지. 나는 꿈속에서 아름다운 고향에 들어가 그곳 정경의 이쪽저쪽을 둘러보곤 한다. 거기엔 항상 아버지가 서 계신다.

아버지를 빼고 추억을 회상하는 것은 불가능하다. 아버지는 아직도 살아 계시고 나의 글에 변함없이 격려를 보내 주신다. 사랑하는 나의 아버지께 이 책을 바친다.

2022년 4월

신필

CONTENTs

2 과거 보러 가는 길

3   바다에 가다

4 누군가의 책갈피

1

사막에서 온 눈물

○

텔로미어를 넘어서

나의 아버지는 모범적이고 긍정적이며 활동 지향적인 '인간 관계성'을 유지하며 살아오셨다. 그러한 관계성은 지금까지 아버지의 텔로미어 길이에 절대적 영향을 주었다고 생각한다.

식단을 짜서 음식을 먹고 규칙적으로 운동하며 건강한 삶의 기준에 합당하게 산 A그룹이 있고, 식단과 운동이라는 여건은 그리 좋지 않지만 주변 사람들과 좋은 인간관계를 가지고 산 B그룹이 있다. 의학 연구팀이 A그룹과 B그룹을 비교 연구한 결과, B그룹이 A그룹보다 훨씬 건강하게 장수했음을 밝혀냈다.

과연 장수를 가능하게 해 주는 요소는 무엇인가? 물론 신체적 건강이 우선되어야만 장수를 할 수 있다. 많은 연구들은 건강을 유도하는 유전자의 길이인 텔로미어가 중요하다고 강조한다.

그런데 요즈음 의학이론들이 장수와 번성을 누리는 데 있어서 식단이나 운동 조절로 길어진 '텔로미어'보다 '인간 관계성'이 더욱 중요한 요소로 작용함을 새롭게 보고하고 있어 우리가 믿던 가설이 전부가 아니라는 사실을 알게 해 준다.

아버지가 구십에 이를 때까지 참척을 보는 불행한 일 없이 건강하고 행복한 삶을 산다면 그것은 아버지 개인적으로도, 의학적으로도 상당히 성공적인 삶이 될 것이다. 그것은 바람직한 '인간 관계성'을 잘 지키며 살아온 사람이 장수한다는 주장을 뒷받침하는 좋은 증거가 될 수 있기 때문이다.

아버지는 5남매의 장남으로서 부모님께 효도했고 아랫사람들에게는 본을 보이셨다. 그리고 자녀 3남 1녀를 두시고 손자사위를 둘이나 얻어서 열아홉의 가족을 거느리게 되셨다. 결혼한 두 손녀에게서 증손을 하나씩 더 보신다면 무탈하게 스물한 명이 이루는 가계의 가장 윗대가 됨과 동시에, 본인은 건강한 구십을 맞이하는 성공적인 삶을 영위했음을 가족과 사회로부터 공증받게 될 것이다.

종양과의 사투를 벌이는 나로서는 아버지의 텔로미어를 넘어선 '인간 관계성' 성공 신화를 기다리는 일이 무엇보다도 중요한 일이 되었다. 그래서 그날을 무척이나 기대하고 있다.

현대의학의 혜택을 입은 나는 이번에 표적치료제 신약을 쓰면서 앞으로 정상인처럼 건강하게 오래 살 수 있다는 기대가 생겼다. 나에게 그러한 기대는 이루 말로 다 표현할 수 없는 큰 기쁨이요, 놀라운 축복이다.

아버지의 구순은 나의 개인적 삶에도 큰 의미가 있다. 아버지의 '인간 관계성'이 가져다준 긍정적 효과가 후손들에게 얼마나 지대한 영향을 주는지를 증명하는 영광의 순간에 나 역시 건강한 모습으로 축하드리고 싶다.

○

주말농장과 아버지

두어 평 정도의 주말농장을 임대하여 농사지을 때의 일이다. 이름표가 달린 수십 개의 이랑마다 싱싱한 농작물이 자라고 있는 주말농장을 가는 일은 참 즐거웠다. 이름표에 따라 누구네 밭인지 임자를 알 수 있었는데, 농사에 남다른 소질이 있는 사람은 작물을 어찌나 잘 가꾸는지 그 옆을 지나며 구경하는 일은 상당히 기분 좋은 일이었다.

주말농장이란 곳은 말 그대로 주말에 농사를 가끔 짓고 가는 사람들이 대부분이라 심는 방법도, 파종 시기도 다 달랐다. 어려서 밭농사 심부름 좀 해 본 사람들이 흙에 대한 그리움을 버리지 못하고 도시에 사는 각박한 마음을 달래려 텃밭을 분양

받아 어설픈 농부의 몸짓으로 농사를 짓고 있었다.

　나 역시 분양받은 두 이랑 중 한 이랑에는 상추와 쑥갓에 가지와 고추까지 심고, 남은 이랑에는 메리골드라는 꽃을 심었다. 그 꽃은 입구에서부터 수북이 벌어 꽃동산을 이루었다. 주책없이 남의 밭 경계에까지 퍼져서 좀 민망할 정도였다. 작물을 가꾸라는 농장인데 게으른 성격으로 꽃이나 가져다 심었는가 여길까 조심스러웠는데 그런 내 마음과는 상관없이 옆집 이랑에까지 벌어서 나는 꽃의 심사가 도통 어떤지 알 수가 없었다.

　주인의 발자국 소리를 듣고 큰다는 농작물을 보는 재미가 여간 아닌 주말 농사 이야기를 들은 아버지는 그 힘든 걸 무엇 하려고 하느냐며 얼굴이 햇볕에 검게 그을린 딸을 걱정하셨다. 딸만큼은 농사짓는다고 힘을 들이지 않았으면 하고 걱정해 주시는 마음이셨으리라.

　아버지 역시 지인에게 빌린 밭에 여러 가지를 심고 여름 태양 볕에 검게 그을리는 중이셨다. 아버지가 농사를 지으시는 산비탈 밭에 간 적이 있다. 여름작물을 다 거두어 낸 자리에 가을무, 배추를 심어 두셨다. 도시에서 벗어난 한적한 땅을 조금 빌려 자식들 먹일 것을 가꾸느라 허리가 펴질 날이 없었다. 팔십이 넘은 노구에도 자식들이 잘 먹었다는 그 한마디를 들으려고 더운 날 물을 주고 풀을 뽑았을 아버지의 노고를 생각하니

절로 고개가 숙여졌다.

아버지는 밭이랑에서 이런 성경 구절을 암송하지 않으셨을까.

누추함과 어리석은 말이나 비난의 말이 마땅치 아니하니 추수 때에는 오히려 감사하다는 말을 하라. (에베소서 5:4)

○

아버지의 헌화가

아버지는 퍽 낭만적인 분이셨다. 이른 봄부터 한겨울까지 어머니께 꽃을 바치셨다. 즉, 봄에는 진달래로 시작해서 여름에는 들꽃, 가을에는 억새를 꺾어다가 집 안을 장식하셨다. 아버지 마음에는 늘 꽃이 만발했다는 증거다. 겨울에는 역전 꽃시장에 나가서 사 오신 조화 한 아름을 도자기에 넣어서 어머니께 헌화하셨다.

『헌화가』에 나오는 견우노옹도 아닌데 그 마음은 어쩜 그리 수로부인을 향해 일편단심인 노옹을 닮았는지, 아버지의 그런 마음에 박수를 보내고 싶어진다. 꽃을 받기 싫은 여자가 어디 있으랴. 생각건대 또 한 번 어머니가 부럽다.

사막에서 온 눈물

「헌화가」
자줏빛 바위 가에 잡고 있는 저 암소를 놓게 하시고
나를 아니 부끄러워하시면, 꽃을 꺾어 바치오리다.

꽃을 받은 어머니는 외려 데면데면하셨다. 지저분하게 왜 그리 꺾어 오냐고 핀잔을 주기도 하셨는데, 나는 그러는 어머니를 보고 속으로는 좋은데 멋쩍어서 괜스레 그러시는 것이라고 여겼다.

어느 겨울날 햇살이 베란다 창을 지나 거실까지 따사롭게 내리쬐던 시간에 부모님 댁을 방문했다. 화분들이 추위를 피해 거실에 옹기종기 모여 있었다. 그런데 유독 눈에 띄는 화분이 있었다. 단발머리 모양을 하고 둥그렇게 잘 자라고 있는 파가 가득 든 화분이. 겨울 파인데도 파랗고 싱싱하게 자라고 있었다. 아마 음식에 넣으려고 화분에 심어 둔 것 같았다. 안쪽은 길게 바깥쪽은 조금 짧게 자라도록 잘라 보기에도 공들여 가꾼 화초처럼 정갈하고 예뻤다. 겨울나기 파 한 단조차도 꽃다발처럼 가꾸고 있는 솜씨라니. 그 파 화분 하나로도 이미 헌화하고 계신 아버지의 진심 어린 솜씨를 엿볼 수 있었다.
어머니는 자신이 일러 주고 감독을 잘해서 그렇게 예쁜 모양이 나왔다고 하셨지만 나는 안다. 아버지 헌화의 손길과 역사를. 조각가와도 같은 솜씨로 헌화하듯 정성을 기울이셨을 아버지의 마음을. 파 화분은 작은 성전을 이루고 있었다. 꼭 이탈리아 두오모 성당과도 닮아 보였다.

사막에서 온 눈물

○

아버지의 형제애

아버지는 먼 타국에서 사는 막냇동생이 그립고 안쓰러워 편지를 쓰셨고, 미국에 사는 삼촌은 이민자의 설움을 달래 가며 고국에 사는 맏형을 그리워하며 편지를 쓰셨다. 두 분은 그렇게 40년을 서로 서간문을 나누며 살아오셨다.

부모님 댁을 방문할 때면 세월이 흐르는 만큼 두 분이 나누신 교제의 흔적이 쌓여 가는 우편물을 볼 수 있었고 그때마다 나는 편지나 엽서를 재미있게 읽었다. 장르를 가리지 않고 나누는 두 사람 간의 '소통'은 나에게도 좋은 영향을 끼쳤고 나는 그 우편물에서 문학 작품을 읽는 것 이상의 흥미와 감동을 느꼈다.

삼촌은 이민 가서 직장을 구한 것부터 새집을 얻게 된 일 그리고 두 자녀가 진학한 학교의 설명까지 소상하게 써 보냈다. 사진으로 찍어 동봉한 편지를 읽으면 삼촌 가정의 발전과 변화, 그리고 역사를 한눈에 쉽고 재미있게 알 수 있었다. 아버지와 막내 삼촌의 관계가 얼마나 돈독하고 특별한지는 해가 갈수록 쌓여 가는 사랑이 가득 담긴 편지, 사진, 카드, 엽서들을 보면 잘 알 수 있었다.

인간관계의 긍정적이고 우호적이며 끈끈하고 정서적인 상호작용이 있었기에 두 분의 형제 관계는 우애가 넘칠 수 있었다. 그래서 두 형제의 삶을 건강하게 유지시키는 큰 힘을 얻을 수 있게 되었다고 본다. 아버지 바로 아래에 삼촌이 한 분 더 계시는데 그분 역시 얼마나 형님인 아버지를 존경했는지 모른다. 아버지가 그 삼촌을 사랑하는 모습 역시 다정다감하고 우애가 넘쳐 그러한 사랑을 우리 자녀 세대는 우애의 표본적 사랑으로 본받았다.

아버지는 위로 누님과 아래로 여동생이 한 분씩 있으며 두 분 다 생존해 계신다. 그러니까 나에게는 두 분의 고모가 계신다. 고모들 역시 부드러운 성품을 지니셨다. 어린 조카에게 한결같은 미소로 대해 주셔서 나는 고모라는 이름만 들어도 마음이 사르르 녹았다. 그분들의 온화한 표정과 웃음은 얼마나 아름다운지 모른다.

사막에서 온 눈물

작은고모 댁은 버스를 두 번 타고 한 시간을 가면 도착하는 거리에 있었다. 부모님께서는 우리 남매가 어릴 적에 체험이라도 해서 시골 머리라도 좀 트일까 하는 생각이셨던지 오빠와 나를 초등학교 어느 겨울방학 때 그곳으로 보내셨다. 내가 기억하기로는 그 당시 나는 아홉 살이고 오빠는 나보다 두 살이 많으니 열한 살이었다.

우리는 엄마가 만들어 들려 주신 떡을 들고 집 앞에서 버스를 타고 논산 시내로 나갔다. 거기서 건평 방향 버스로 갈아 탔다.

'신당리 앞에서 내려 주세요.'라고 말하면 버스가 고모 댁 앞에서 선다는 몇 번의 당부를 듣고 우리는 실수 없이 잘 찾아갔다. 고모 댁에는 시어르신들이 함께 사셨기 때문에 우리는 예의를 갖춰야 했다. 청학동 훈장님 수준의 옷차림과 위엄으로 곰방대를 두들기던 어르신 앞에서 우리는 주눅이 들어 얌전해질 수밖에 없었다. 아마도 산만하고 장난기 넘치는 우리를 일부러 교육시키려는 차원에서 초대한 건 아니었을까 회상해 본다. 긴 마루에서 뛰다가도 사돈 할아버지가 보이면 시치미를 뚝 떼고 얌전한 척하곤 했다.

그 덕분에 사촌들과는 제법 친하게 지내며 성장했다. 그런데 요즈음은 삼촌과도 사촌들과도 집안의 큰 행사가 아니면 자주 만날 기회가 없다. 여유 없이 바쁘게 사는 현대인이고 마음의 거리가 멀어서인가. 고모 댁에 가서 한 이불을 덮고 장난치던 때처럼 다시 정겨워질 수는 없을까.

사막에서 온 눈물

○

검은 피아노와 작은 도서관

아버지는 내가 지방의 교육대학에 들어가자 피아노를 한 대 사 주셨다. 검정색 윤이 나는 영창피아노였는데 소리가 맑고 울림이 깊은 피아노였다. 나는 피아노 구입 후 피아노를 배우러 학원에 다니게 되었고 피아노 초년생이 제일 많이 치는 일등 곡인 〈엘리제를 위하여〉를 열심히 배워서 쳤다. 초등학생이던 막냇동생이 그걸 듣고 무척이나 좋아했다. 처음에는 '이건 어떻게 치는 거야? 저건 뭐지?' 묻기 시작했다. 기가 막혔다. 2년간 피아노 학원에 다니면서 호랑이 선생님에게 긴 대나무 회초리로 손가락을 맞으며 배운 음계 짚는 법을 짧은 시간에 공짜로 가르쳐 달라니.

그런데 서당 개가 풍월을 읊는 일이 일어났다. 동생은 질리지도 않는지 포기하지 않고 조금씩 연습하더니 더듬거리며 이어서 칠 수 있게 되었다. 날마다 연습하기를 얼마나 했는지 결국 동생은 그 긴 곡을 외워서 혼자 칠 수 있게 되었다. 나는 동생이 내 앞에서 선보이는 연주를 듣고 그 잠재력에 무척 놀랐다. 있는 집안의 외동아들로 태어났다면 동생의 인생은 판도가 한참 달라졌을 터인데…. 인생에서 딱 한 곡 칠 수 있는 그 곡을 동생은 청혼하는 자리에서 지금의 아내인 올케 앞에서 당당하게 연주했다고 한다. 그 곡을 들은 올케가 프러포즈에 오케이 한 것은 당연한 결과다.

아버지의 교육열은 나를 포함한 자식 대에만 영향을 준 것이 아니고 손자 세대까지 이어졌다. 고등학생이 된 동생의 딸아이가 피아노를 제법 잘 치는 걸 보면 제 아빠의 피아노곡을 외워 치던 집중력을 물려받았음은 물론이고 음악으로 놀아 주던 할아버지의 조기교육 덕도 본 것 같다. 우리 가족 가운데 아버지의 교육열 혜택을 안 받은 사람이 없다.

아버지는 건넌방에 큰 책장을 들이셨고 그 책장의 반에는 현대대백과 사전을, 나머지 반에는 한국 위인전을 채워 주셨다. 그때부터 나의 문예 부흥이 시작되었다. 초등학교 시절부터 나는 백과사전을 사진과 그림부터 살펴보았고 내용을 읽고 또 읽

사막에서 온 눈물

었다. 장난감이나 놀이가 많지 않으니 자연스럽게 손과 눈이 책으로 갔다. 위인전기는 얼마나 열심히 읽었는지 외우다시피 하였다.

신나고 유익한 재미에 빠져 나는 그 속에 나오는 인물이 닮고 싶어 따라 하기까지 했다. 『선덕여왕』 편이다. 하루는 선덕이 돌계단을 오르는데 왕개미가 흰 고무신 아래 보이자 발을 살짝만 디디는 모습을 보고 몸종이 '여왕님, 어찌 그러십니까?' 물었고 '미물도 생명이 있거늘 어찌 하찮다고 고무신으로 밟을 수 있겠느냐?'라고 답했다. 그 부분을 읽은 이후 나도 산길이나 들길에서 선덕여왕처럼 발 한쪽을 기울이는 기술을 썼다. 위인전기 한 권이 미물이더라도 생명을 경시해서는 안 된다고 가르쳤기 때문이다.

책이 가득 담긴 책장이 있는 건넌방은 마치 나만의 전용 도서관이 된 듯했다. 그곳에서는 글을 읽거나 쓰기가 편하여 무척이나 행복했다. 그 공간은 백과와 위인전 도서로 잘 꾸며진 종합 선물 세트 같은 작은 도서관이었다. 나 혼자 그 과자를 다 먹는 기분을 무어라 표현할 수 있을까.

위 형제인 오빠는 서울로 유학을 떠났고 아래 형제들은 그 책을 보기에는 나이가 한참 어렸다. 그 당시 책값도 비싸고 형편도 어려워 그렇게 좋은 책을 사기란 쉽지 않은 일이었을 텐데 아버지는 자식의 미래를 위해 큰 결정을 하신 것이었다. 생각할수록 아버지의 미래 지향적인 결정이 고맙게 여겨진다. 자식들 교육에 쏟은 열정에 감사한 마음뿐이다.

아버지, 고맙습니다. 아버지께서 선물해 주신 작은 도서관이 오늘의 저를 만들어 주었습니다.

○

사막에서 온 눈물

오래전 어느 해, 나는 후배 H의 교실을 찾아갔다. 앞 교사용 탁자에는 후배가, 그리고 탁자 앞의 책상에는 아들인 어린애가 긴 속 눈썹 위에 눈물방울을 매달고 앉아 있었다. 나는 나도 모르게 아이가 측은해서 두 시간을 꼼짝없이 그 눈물방울을 쳐다보게 되었다. 투명한 보석 방울이 매달린 어린아이의 눈물을.

아프리카 동부에 있는 케냐의 나이바샤 호수 근처를 지나가는데 선인장 같은 사막나무가 하나 있었다. 가이드는 "이건 선인장이 아니라 선인장의 눈물이 오랜 시간을 굳고 굳어서 형성된 사막나무입니다."라고 설명했다. 교육 봉사 팀 일행들은 커피농장을 구경한다고 모두 올라갔다. 이상하리만큼의 신기한 끌림에 나는 혼자 남아 나무를 한참이나 바라보았다. 그런데 그 나무에서 눈물방울이 반짝임을 보았다. 그 눈물방울이 오래전 보았던 어린아이의 눈물방울과 참 많이 닮았다고 생각했다. 그리고 옆에 또 하나의 눈물방울이 보였다.

물이 든 풍선 물주머니를 잡고 위에서 잡아당기면 그 속의 물은 아래로 흐르게 된다. 다시 놓으면 제자리, 아래쪽을 들면 물이 다시 위로 밀려가는 것은 빤한 이치다. 지구를 풍선이라고 가정해 보면 같은 결과의 값이 나옴을 예상해 볼 수 있다.

자신의 원류를 찾는 컴퓨터 프로그램 앱이 있다고 들었다. 찾아보니 나의 원류는 이스라엘 쪽이었다. 큰삼촌이 목회자, 작은삼촌이 목수고 아버지는 장로시니 예루살렘 어디서부터 물 흐르듯 흘렀으면 오늘의 내가 여기 있는 것이 맞는 일일 것이라고 아프리카 사막나무 앞에서 나는 그렇게 생각했다.

나는 커피나무를 보러 가는 대신 사막나무 앞에서 한참을 서서 반짝이고 있는 빛나는 눈물방울들을 통해 오래전 어린아이의 눈물방울과 나의 눈물방울을 바라보고 있었다.

우리가 사는 지구별은 큰 것 같지만 작기도 하다. 또 둥글어서 결국에는 다 만난다. 나는 병원에 입원하면서 사막나무에서 본 나의 눈물방울을 다시 만났다. 감마나이프 광선치료로 뇌의 종양을 치료하는 순간이었다. 그때 사막나무에서 보았던 눈물방울이 지구 한 바퀴를 돌고 돌아 내게 찾아왔다. 나는 글이나 말로 형언하기 어려운 신비한 뇌 경험을 하게 되었는데 그때 뜨거운 기운이 나의 눈에 닿는 걸 느꼈다. 그것은 신께 감사하는 마음과 경배드림 그리고 동시에 아름다운 생명을 다시 허락하심을 예찬하는 체험이었다. 그러니까 아프리카 케냐의 나이바샤 호수 길목에 있던 사막나무에서 눈물방울을 본 것은 우연한 일이 아니었던 것이다.

절망에 놓였던 환자가 새 생명을 허락받고 약 치료를 받으며 건강이 호전됨은 물론이고 거짓말같이 씻김을 입어 정상 생활을 하고 있다는 것과 사막나무의 눈물방울을 다시 만난 것에 대한 스토리는 일반인의 견지로는 납득이 안 가는 부분일수도 있을 것이다. 하지만 어찌하겠는가. 보탬도 뺌도 없이 겪은 대로 쓰는 것임을.

내가 아프리카에서 본 사막나무의 눈물은 지구 어느 높은 곳에서 흘러왔을까. 그리고 지금 그 눈물은 지구의 어느 낮은 곳으로 흐르고 있을까. 사막나무까지 흘러 눈물을 주고 다시 흘러가던 그 눈물은 빅뱅과 혼돈 너머 존재하던 생명을 불러오는 계시였던가. 고통을 평안으로 바꾸는 메신저였던가.

나는 눈물방울의 본질과 작용에 대해 오래도록 생각해 보려 한다.

○

봄, 추억이 하얗게 터지다

아주 아름다운 마을에 살았던 적이 있다. 스타애플 나무가 이국적 멋을 잔뜩 풍기고 부겐빌레아 꽃나무가 울타리를 치고 있으며 푸른 잔디 정원이 있는 멋진 2층 주택이 바로 나와 가족이 세를 얻어 살았던 집이다. 나는 고용 휴직을 내고 가족들과 필리핀으로 교육 선교 봉사활동을 떠났다. 내가 살게 된 그 마을 이름은 '코튼우드 빌리지'다.

코튼우드 나무는 목화 나무를 닮은 나무인데 키가 커서 이 층집의 지붕 높이까지 자라기 때문에 길에서 그 꽃을 보려면 고개를 뒤로 젖히고 입을 벌리며 바라보아야 했다. 멀리서 보면 집 한 채에 목화솜이 여기저기 닥지닥지 붙어 있는 모습이었다. 팝콘을 한 봉지 하늘을 향해 던졌고 그 팝콘들이 창공에서 떨어지기 전의 영상. 바로 그 정지 화면을 상상하면 더 쉬워진다. 더구나 파란 하늘을 바탕으로 하얀 목화 꽃이 터진 날에 그 모습을 바라보면 얼마나 눈이 부신지 눈물이 핑그르르 돌았다. 나는 꽃이 핀 다음에야 왜 마을 이름이 코튼우드 마을인지를 알게 되었다.

아프리카 케냐에서 시작된 물줄기가 동남아시아 필리핀 안티폴로 시내의 코튼우드 마을 이층집 코튼우드 나무까지 올라와 꽃을 피운 거라 생각해 보라. 얼마나 멋진 일인가! 지구의 내부 속 물줄기는 돌고 돌아 한국에 계신 부모님 댁에도 찾아갔을 것이다. 때마침 한국의 고향 집 화단에 있는 백목련나무에도 꽃이 하얗게 터졌다고 아버지께서 전화로 소식을 전하셨다. 나의 마음에 옛집의 향수가 차오르더니 이윽고 그리움이 사무치게 피어나 눈물샘도 따라 터지고 말았다.

다른 나라 다른 도시지만 동시에 꽃이 핀 것이다. 지구는 그냥 풍선 같은 물주머니이다. 위에서 잡으면 아래로 물이 내려가고 그 물 풍선을 다시 잡아 올리면 그 물이 위로 밀려가는. 물은 어느 곳으로나 흐르고 흘러서 꽃을 피운다. 지구는 거대한 물주머니이다. 그 물은 아버지 마음에도, 나의 마음에도 꽃을 피워 냈다.

우리나라에서도 어렵던 시절 일년생 목화 농사를 지어서

농가에서 수입을 올리고는 했다. 우리 집에서는 딱 한 번 목화 농사를 지었는데 내가 스무 살이 넘자 어머니는 언젠가는 필요 할 거라며 목화를 심으셨다. 목화는 때가 되니 하얗게 솜을 틔 웠는데 내 상상만큼 폭신하거나 푸짐하지 않고 꼬투리의 껍질 밖으로 보잘것없는 솜이 희끄무레 삐져나와 있었다. 여고 때 읽은 마거릿 미첼의 소설 『바람과 함께 사라지다』의 미국 남부 목화밭의 흰색을 떠올렸는데 우리 집 목화밭은 그토록 희지 않 아서 나는 실망을 했다.

목화솜 속에는 씨가 들어 있어서 씨를 빼내야 솜을 쓸 수 있었다. 대량으로 농사를 짓는 경우 그 솜을 빼내는 기계가 따 로 있었으나 우리 집은 이불 한 채를 만들 정도의 양이라 기계 를 사지 않았다. 어머니는 나보고 목화솜에서 씨를 발라내라고 명하셨다. 그러나 나는 그 일이 너무나도 귀찮게 여겨져 하기 싫었다. 그래서 요즘 세상에 누가 솜이불을 덮느냐고 핀잔을 놓고는 밖으로 놀러 나갔다.

어머니께서 대신 씨를 다 발라내셨던가 보다. 내가 강원도 로 첫 발령을 받아 하숙집에 들어갈 때 솜이불 한 채를 만들어 주셨다. 아버지는 그 이불 한 채를 버스에 싣고 나를 강원도까 지 데려다주셨다. 버스에 실려 차가 움직일 때마다 따라서 움 직이던 커다란 목화솜 이불 보따리는 지금도 내 눈에 어른거린 다. 나는 이불이 들썩일 때마다 눈물을 찔끔거렸다.

사막에서 온 눈물

○
인도에서 만난 예수님의 성배

인디아 캘커타 시골 마을로 교육 선교 봉사활동을 갔을 때의 일이다. 둘씩 짝을 지어 민간외교 교류 활동을 나간 날, 나는 어머니 또래 단원과 짝이 되었다. 모녀간으로 보았던지 우리에게 차를 한잔 마시고 가라며 들어오라고 청하는 어느 집으로 가니 남자가 아침에 짜서 받아 둔 양젖에 여자가 짜이 홍차를 끓이는 중이었다.

그리고 남자의 어머니쯤으로 보이는 노파가 한 숟가락의 설탕 가루를 찻잔에 넣으려고 준비하고 있었다. 마지막으로 아버지의 신호에 따라 아들로 보이는 어린 형제가 달려가 뒷담 울타리에서 신선한 라임을 몇 개 따 왔다. 하얀 잔에 뜨겁게 끓인 갈색 짜이 차를 담고 형제가 곧바로 따 온 신선한 초록색 라임을 잘라 찻잔에 꽂자 한 잔의 훌륭한 짜이 차가 완성되었다. 그 아름다운 차를 눈부신 어느 날 아침, 따뜻한 어느 가정에서 대접받게 되었다.

아침 안개가 걷히기 전 깨끗하게 비질이 되어 있는 마당에 바나나 이파리를 깔고 앉아서 라임향이 그득한 한 잔의 짜이 홍차를 대접받아 마실 수 있다니. 한 폭의 목가적 풍경화 속에 들어 있는 인물이라도 된 듯한 기분이었다. 그 차를 대접받자 가슴이 뭉클해졌다. 지나는 객을 불러 이렇게 귀한 대접을 할 수 있는 저 사람들의 격은 얼마나 높은가.

길손에게 베푸는 것을 신께서 보고 있을 것이 틀림없었다. 자신들이, 또는 자신의 후대들이 복을 받을 것임을 그들은 다 알고 있다는 생각이 들었다. 정성을 다한 진심 어린 차 한 잔! 그것은 이 세상에 단 한 잔밖에 없고 한 가족이 정성을 다해 지나는 길손에게 바치는 인류애 그득한 성배였다.

이십 년 전이었으니 인도라는 나라, 그것도 시골 마을에서 그런 대접을 하기란 쉬운 일이 아니었을 텐데…. 가난하다고 인정이 없는 것은 아니었다. 지나는 길손을 대접하는 것을 미덕으로 삼는 것은 동서고금을 막론하고 귀한 가치로 여겨져 왔다. 숭고한 그리고 아름다운 짜이 한 잔에 그 가족을 존경하는 마음이 들었다.

사막에서 온 눈물

'갓 블레스 유(God bless you)!' 저절로 나도 그 가족의 평안을 신께 빌었다.

예수가 최후의 만찬에 사용한 성배가 있다. 한 가족의 정성을 가득 담은 그 한 잔의 차야말로 예수님의 성배가 아니고 무엇이란 말인가.

○

아버지의 연주

아버지는 악기를 연주하거나 그림을 그리는 일 또는 글씨를 쓰는 일을 참 잘하시는 분이었다. 무엇이든지 그 특성만 알면 금방 예술가처럼 하시던 재주 있는 분이었다. 아버지는 매사에 열심을 기울이시고 허투루 하는 법이 없는 분이셨는데, 그러한 열정이 바로 아버지의 삶을 보람 있는 삶으로 만들었고 그러한 가치관이 건강한 비결의 기초가 되었을 것이라고 나는 한 치의 의심 없이 생각한다.

교회에서 가족 찬송 발표회가 있던 때의 일이다. 아버지는 아코디언으로 찬송가를 연주하셔서 교인들을 깜짝 놀라게 한 적이 있다. 아코디언을 매고 계신 모습만으로 아버지의 연주가

사막에서 온 눈물

시작된 거나 마찬가지였다. 건반을 손가락으로 누르는 동시에 팔 안쪽으로 바람 주머니 자바라를 눌러 가며 연주하는 근사한 모습에 누가 박수를 치지 않았겠는가. 그날의 아버지 모습을 떠올리면 지금도 박수를 보내고 싶어진다.

손녀사위를 보시던 날은 피아노를 몇 곡이나 연주하며 환영하여 맞이해 주셨다. 왼쪽 손가락으로 '쿵 짝, 쿵 짝!' 반주를 넣는 기술이 어찌나 신명 나고 재미있던지 모인 가족 모두 웃음보를 터트렸다. 즐거워하는 사위의 얼굴 표정을 보니 '이런 처외갓집으로 장가들기를 잘했구나.' 하고 생각하는 것만 같았다.

지금까지 살아오면서 아버지는 인생을 멋지게 연주하신 분이라는 생각이 든다. 교직에 몸담기를 반평생 이상을 하셨고 퇴직 이후에도 어찌나 근면 성실하게 생활하시는지 그 모습은 온 가족의 본이 되었다. 자식들 누구라도 아버지를 사랑했고 손자 손녀들은 그런 할아버지를 존경했다.

나의 아들은 외할아버지와 어린 시절을 함께 보냈다. 외할아버지와 대화하고 바둑 두기를 좋아했다. 식습관까지 똑같이 닮았다. 아버지는 새우젓을 무척 좋아하셨는데 나의 아들 역시 음식의 간을 맞출 때 새우젓을 찾는다. 아버지의 연주에 가족들이 하나하나 녹아들어 있다는 증거다.

○

그 시절의 텔레비전

아버지의 월급을 가지고 많은 사람이 기뻐할 물건을 산 것이 바로 텔레비전이었다. 내가 열 살도 채 되지 않았을 무렵이었다. 드라마 〈여로〉가 70%의 시청률을 올리며 온 국민을 눈물바다로 만들 때였다. 아버지는 큰 마당에 멍석을 깔고 대청마루 높은 데로 텔레비전을 옮겨 동네 사람들에게 드라마 관람의 기회를 주셨다. 아버지는 놀이도 풍요롭지 못한 시절에 마을 주민들에게 오락거리를 준 참 고마운 이웃이고 선구자였다.

내 또래 친구 중에는 저녁을 먹기 전에 아예 일찍 와서 진을 치고 앞자리를 차지하는 아이도 있었는데 밥 먹고 왔느냐고 물으면 먹고 왔다고 했다. 연속극을 보는 것이 밥보다 더 재미

사막에서 온 눈물

있고 신나는 일이었을 것이다. 어린이들이 먼저 오고 다음으로 청년들, 그다음으로 어른들이 와서 빼곡히 채운 마당은 드라마가 진행될 때마다 극중 인물이 되어 웃기도 울기도 하는 극장 객석이 되었다.

그 당시 금성사 텔레비전은 고가의 물건이었다. 그래서 크게 마음먹고 벼르지 않고는 여간해서 구입하기 어려운 물건이었는데 아버지는 텔레비전 사는 일을 과감히 결정하셨다. 부모님께 효도하기에 이보다 더 좋은 물건이 없을 거라 여기셨으리라. 거기에다 동네 사람들까지 다 모여 볼 수 있었으니 베푸는 기쁨을 일찍 터득하신 분이셨다.

배경이 구한말이던 드라마의 주인공들이 일본 순사에게 온갖 고문을 당하고도 고난과 역경을 헤쳐 나갈 때마다 마당에서는 탄식과 환호성이 흘러넘쳤다. 텔레비전 한 대가 동네 사람 모두를 애국자로 만드는 신기한 힘을 가지고 있었던 그때 그 시절의 텔레비전. 함께 보내던 그때 그 시절은 이제 돌아오지 않는 아련한 추억의 시간이 되었다.

인기 드라마 〈여로〉가 끝나고 이어서 〈월튼 네 사람들〉이라는 드라마가 방영되었다. 미국 드라마였는데 성우가 한국말로 더빙해서 목소리를 들려주는 방식이었다. 소설가가 되어 대학에 진학하고 싶어 하는 '존 보이'의 눈을 통해 전해지는 이야기가 어린 나에게 꽤 인상적이고 흥미롭게 다가왔다. '나도 저렇게 글을 쓰는 작가가 되어야지.' 하고 그때부터 작가가 되는 꿈을 꾸기 시작했다. 텔레비전에서 영향을 받은 것이었다.

　나는 어려서부터 존 보이처럼 글을 썼다. 편지도 좋고 일기도 좋았다. 기행문도 쓰고 신변잡기도 썼다. 글에 나의 마음을 적는 일이 즐겁고 신이 났다. 그 습관이 지금까지 이어져 오고 있다.

○

도둑을 잡지 않은 이유

"저놈 잡아라! 저 도둑놈!"

할머니의 고래고래 지르는 고함 소리가 시커먼 밤하늘에 울려 퍼졌다. 개보다 덩치가 더 큰 삵이 닭 한 마리를 물어 가던 날이었다. 할머니는 발을 동동 구르고 그 옆에 아버지는 지게 작대기를 들고 서 계셨다. 그날 밤 삵은 굶주린 새끼들에게 물어 온 닭을 먹였을 것이다.

할머니는 동네가 떠나가게 소리를 지르는 걸로 도둑을 쫓아냈고 아버지는 지게 작대기를 들고 서 있었는데 그 모습만으로 더는 삵이 오지 않았다.

삵도 귀가 있고 눈이 있으니 듣고 보았을 것이다. 그 소리를 못 듣고 그 작대기를 못 보았을 리가 없다. '이 집에 사는 닭들은 저렇게 주인들이 무섭게 지키고 있구나! 함부로 덤빌 수가 없구나!' 알았을 것이다.

잠이 덜 깨 눈을 비비며 마당으로 나온 나는 아버지가 지게 작대기로 왜 삵을 때려잡지 않는 것인지 도통 이해되지 않았다. 아주 나중에서야 아버지의 대처법을 배우게 되었다. 다름 아니고 그 도둑 삵에게 닭 한 마리를 주고 멀리 가게 한 후 닭장을 다시 고치는 것이 순서라는 것을. 도둑은 잡으려 애쓰지 말고 쫓아야 한다는 것을. 그 이후 도둑은 잡으려 하는 것이 아니고 소리를 질러 쫓아내야 한다는 것을 알게 되었다.

내가 어려서는 또 인삼 농사를 짓는 것이 유행이었다. 우리 집도 그 유행에 발맞추어 인삼 농사를 지었다. 인삼에도 병충해가 많아 농약을 줘야 했다. 펌프식분사기를 사용하려면 누군가 펌프질을 도와야 했고 그 단순노동은 어린이 차지였다. 나는 꽤 자주 불려 가 그 펌프질을 도왔는데 왜 그리 재미없고 힘들었는지 모른다. 그래서 지금도 인삼을 잘 먹지 않는다. 그때의 고생이 나를 인삼으로부터 멀어지게 했나 보다.

어느 날 밤, 또 할머니의 고래고래 지르는 고함 소리가 들려왔다.

"도둑이야, 도둑, 인삼 도둑이야!"

아버지와 이웃 사람들까지 인삼을 캐 간 도둑을 잡으려고 삼밭 주변을 손전등을 비추어 가며 몇 바퀴나 돌았어도 도둑은 이미 캐낸 인삼을 들고 멀리 도주한 뒤였다. 몇 해를 잘 키운 인삼을 도둑은 너무 쉽게 가로챈 것이다. 그런 경우에는 쫓는 것이 상책이 아니라 잡아서 내놓으라고 했어야 맞다. 나의 어린 생각에는 그 도둑을 잡아서 캐낸 인삼을 되찾아야 맞는 거라고 생각했다. 그러나 아버지와 할머니는 그냥 쫓기만 하는 것이었다.

삶이 닭을 채 가도록 지켜보기만 한 그날 밤과 똑같은 상황이었다. 어려서는 이해가 되지 않던 것이 이제 나이가 들어 보니 이해가 되었다. 인삼은 사람이 캐 간 것이다. 인삼을 캐 간 도둑을 잡고 아는 사람이라면 어찌할 것인가. 참으로 난감한 일이었을 것이다. 할머니와 아버지는 '오죽하면 그 도둑이 인삼을 캤을까. 그럴 수밖에 없는 처지였겠지.' 하며 동정하고 헤아리는 마음을 가졌던 것 같다. '도둑은 잡는 것이 아니고 쫓는 것이라.'는 이치대로 세상을 사신 분들이었다.

○

우물 함석지붕 위의 황석어

황석어가 마르고 있던 고향 집 우물의 함석지붕은 기억의 편린들에서만 꺼내 볼 수 있는 아련하고 아득하며 아름다운 추억의 한 조각이다. 고향 집의 우물이 얼마나 깊고 맛있었는지는 길 가는 나그네의 표정만 봐도 알 수 있었다. 여름에는 시원하고 겨울에는 따뜻했다.

냉장고가 없던 시절의 여름날에 그 우물물은 얼음을 띄운 것 같았고 온수가 안 나오던 겨울철에 그 우물물은 따뜻한 온천수 같기도 해서 동네에서도 알 사람은 다 알고 있는 사실이었다.

할아버지는 비 오는 날 우물 사용에 불편이 없도록 함석으로 우물터에 지붕을 만드셨다. 함석지붕이 있어 우물에서 일하기가 더 편리했다. 그리고 그 함석지붕은 대낮의 열기를 빨아들여 그 위에 고추나 생선을 말리기에도 딱 좋았다. 황석어가 마르고 있는 함석지붕 아래서 짧은 상고머리 소녀가 벌거숭이 어린 두 동생과 놀고 있던 천진무구한 모습이야말로 유년 시절 정경을 그린 마음 그림에서 나를 완성시키는 모습이다. 우리 집에는 생선 장수가 자주 드나들었고 함석지붕 위에는 황석어가 따사로운 가을볕에 잘 말라 가고 있었다.

꾸들꾸들하게 마른 생선 몇 마리를 석쇠에 얹어 솔잎이나 짚불에 구워 먹으면 다른 반찬이 필요 없었다. 가시를 발라낼 필요도 없이 바삭하게 구워진 고소한 그 맛을 우리 4남매는 지금까지 기억한다. 입속에 맛 유전자로 넣어 두었던지 우리 형제들은 비릿한 황석어를 지금까지도 좋아한다. 값싸고 구하기 쉬운 생선이 서민의 자식들에게는 최고의 반찬이고 보약이었다.

지금은 시골집이 흔적도 없이 사라지고 그 자리에 주유소가 우뚝 서 있다. 아마 우물도 덮였거나 메워졌을 것이다. 돌아가고 싶어도 갈 수가 없게 되었다. 옛집 앞을 차로 지날 때 바라보면 그 빽빽하던 측백나무와 사철나무 울타리는 온데간데 없고 주유소 건물 뒤편으로 키 큰 미루나무 몇 그루만 뭉게구름을 이고 제자리를 지키고 있는 모습을 볼 수 있다.

그래도 꿈을 꾸면 옛집 함석지붕에 황석어가 잘 마르고 있는 정경이 나온다. 나는 꿈속에서라도 고향 집을 마음껏 들여다본다. 마당에도 서 보고 부엌에도 가 보고, 그리고 뒤란에도 가서 둘러본다. 방에도 들어가 보고 벽장에 쌓여 있는 물건들도 뒤적여 본다. 먼지에 쌓여 있는 벽장 속 물건들이 아련한 향수를 불러일으킨다. 고향 집의 그 맛을 다시 맛보고 싶다.

○

정신착란 그 후

나는 뇌종양 수술 후 어이없게도 정신착란 증세를 보였다. 갑작스러운 착오 현상이 나에게 온 것이라고 수술 후 오는 자연스러운 수순으로 있을 법한 일이라고 가족들은 그렇게 나를 안심시켰다. 내가 하는 행동이 과잉이라고 가족들은 생각했고, 나는 나 혼자 정상이고 가족들이 내 말을 믿어 주지 않는다고 생각했다.

그때 공연히 떼를 쓰기도 했다. 화장실의 샤워기가 제대로 작동하지 않는다고 고쳐 달라고 했고 변기 위에 달린 비데 기계가 떨어졌으니 잘 설치해 달라고 했다. 그런데 샤워기는 정상이라 고칠 필요가 없고 비데는 내가 고장 낸 거라고 시설담

당자가 말했다. 솔직히 나는 샤워기를 쓸 때마다 물이 튀어 옷을 버렸고, 비데를 밀어서 떨어트린 적도 없었다. 억울했다. 그래서 더 고집스러워졌다. 나의 행동을 보고 모두가 이상 증세를 보인다고 의심하기 시작했다.

시간이 흘러 지난 행동들을 돌이켜 생각해 보니 누구라도 나를 정상이 아니라고 여겼을 것 같기도 하다. 그런데 서운한 것은 내가 착오를 하면 가족들이나 의료진 또는 시설 팀원들이 바르게 알려 줬어야 하는데 그 착오에 맞도록 나를 몰아가 나를 더 깊이 착란에 빠지게 했다는 점이다.

내가 중환자실에서 귀신에 홀린 듯 나흘간 써서 가지고 온 원고의 글에 스스로 감동한 나머지, 나는 그 원고를 토대로 영화사에서 영화 제작에 들어간다는 과대망상을 갖게 되었다. 영화의 주인공은 나와 아버지이며 주제는 '텔로미어를 뛰어넘은 인간 관계성'이었다. 다큐멘터리 영화로 영국 BBC사에서 찍어 주기를 바란 나는 가족들에게 나의 의사를 밝혔다. 그리고 일이 빨리 추진되도록 재촉을 했고 혹여 일이 잘못될까 불안해했다. 가족들은 그런 내 착란에 동남아 BBC한국지사장을 만나 보겠다고 나를 안심시켰다.

얼마나 멋지고 위대한 꿈인가. 나는 국내에서 인정을 받고 더 나아가 세계적으로 유명한 작가가 되기 바로 일보 직전이었다. 꿈에 그리던 문학적 명성을 얻어 유명대학의 명예교수가 되고 남은 생을 호텔에서 우대받으며 지낼 수 있다고 생각하니 꿈만 같았다. 그런데 그것은 일시적 착란 증세였다. 얼마 후 나는 그 모든 일이 이루어지지 않을 것임을 스스로 깨닫게 된 것이었다.

짧은 기간이지만 착란의 기간 동안은 시간이 획획 날아다녔다. 시간뿐이겠는가, 나의 기대하던 꿈들이 이루어진다고 생각하니 나는 이 세상에 부러울 것이 없는 사람이 되었다. 말을 타고 아버지와 삼촌들과 예루살렘 시내를 누비던 순간은 이루 말할 수 없이 기쁜 시간이었다. 카메라맨이 우리를 찍느라 긴 장대 카메라를 내 얼굴 앞에 들이대는 모습을 상상했을 때는 몹시 황홀했다. 그 당시는 그것들이 다 이루어지리라는 헛된 믿음이 생겼다. 그래서 괜스레 용감해지고 즐거워졌다.

그러나 그 증상은 그리 오래가지 못했다. 한 달도 못 지나서 과대망상이나 정신착란 증세가 말끔하게 회복되었기 때문이다. 점점 나의 현실로 돌아와 내 참모습을 찾을 수 있게 되었다. 그러자 나는 형편없이 의기소침해졌다. '차라리 착란으로 지낼 때가 자신만만하고 즐거웠는데…' 하는 생각도 들었다.

지금 나는 퇴원하여 정상 생활을 하고 있다. 천재가 아니고 둔재라서 회복이 빨랐는지도 모르겠다. 지금은 글을 쓰는 일에도 자신이 많이 없어졌다. 현실은 그렇게 한없이 초라하기만 한 것인지도 모른다.

○

그 식당을 찾는 이유

내가 잘 가는 식당이 있다. 이전에 살던 도시와 인접한 저수지 바로 옆에 있는 식당이다. 도시의 발달과 인구의 증가로 손님이 많아져서 주말에는 예약을 하지 않고는 식사를 할 수 없을 정도가 되었다. 나는 그 도시를 떠나왔는데도 어쩌다 다시 가게 되면 지인에게 그 식당을 소개하며 함께 가기를 청한다.

나는 그 식당과 개인적인 친분이 있는 것도 아니다. 이렇게 글로 그 맛집을 알린다고 나에게 어떠한 이득이 있는 것이 아무것도 없음을 먼저 말해 둔다. 오랜만에 집밥을 먹는 기분, 친정 언니가 살뜰하게 동생에게 차려 준 밥상을 먹는 기분이다. 그곳에 다닌 지 10년이 되어 가는데 한결같은 맛이다.

저수지가 바라다보이는 멋진 집도 아니고 그냥 저수지 근처 길가에 자리 잡고 있는 평범한 식당이다. 주택을 개조하여 넓혔으니 현대식의 넓고 깨끗한 새로 지은 건물도 아니다. 식당은 신도시가 형성되기 전부터 그 자리에 있어 온 것으로 안다. 그곳은 복숭아 과수원이 많기로 유명하다. 그 집 역시 복숭아 과수원이 집 앞과 옆, 그리고 뒤편까지 있어 식당 건물의 사방을 둘러싸고 있다. 그래서 봄 복사꽃부터 여름의 녹음, 가을의 단풍, 겨울 빈 가지의 쓸쓸함까지 창밖으로 보여 다채로운 풍경을 즐길 수 있다. 흔하다면 흔한 시골 풍경이고 일반적인 메뉴를 파는 이 식당에 왜 이렇게 손님이 많아졌는가. 거기에는 정당한 이유가 있다. 바로 음식 맛의 정직함이다.

옥수수 구이, 으깬 감자, 겉절이, 그리고 진부령 황태구이 모두가 그 집 주방장인 주인아주머니의 손을 통해서 나온다는 것이다. 다른 식당들과는 차별화된 정성과 맛을 사람들이 알아본 것이다. 그중 별미는 근대 된장국과 갓 지은 하얀 쌀밥이다. 된장을 잘 담갔기 때문에 그런 된장국이 나올 수 있다고 생각한다. 주인장의 정직한 솜씨를 맛볼 수 있다. 옥수수 구이는 10년 전이나 지금이나 좋은 제품을 손으로 직접 알을 일일이 떼서 요리하는 한결같은 고집을 부린다.

손님이 늘어나면서 일손이 부족해서인지 객지로 나갔던 아들과 딸을 불러 온 가족이 함께 일하는 모습 또한 보기 좋다.

숯불을 피워 주방 일을 돕는 주인아저씨는 어느새 머리에 하얗게 눈꽃을 이고 있다. 열심을 기울이느라 세월 흐르는 것도 잠시 잊었을 것이다. 그 식당은 마침내 그 도시의 맛집이 되었다.

고객들의 평가에서 인정을 받은 것이다. 남녀노소 모두의 입맛을 만족시키는 것은 매우 어려운 일이다. 바로 그 점을 연구해서 다수를 만족시키려는 노력을 해 왔기에 지금의 맛집으로 선정되었을 것이다. 상을 차릴 때 내 가족이 먹는다는 기분으로 정성을 다해 왔기에 가능한 일일 것이다.

그 식당은 성실과 초심을 지켰다는 정당한 이유로 오늘의 명예를 안기에 충분하다.

사막에서 온 눈물

○

우리가 만나야 할 인연의 양

　수년 전의 일이다. 저녁을 먹고 쉬다가 다음 날을 위해 잠자리에 들었을 때다. 앵앵거리는 소리가 들렸다. 처음에는 모기 소리만 하더니 조금씩 커졌다. 점점 가까이 들리는 것이 무언가 다가오는 게 분명했다. 구급차 사업이 발달해 도심에서는 심심치 않게 사이렌 소리를 듣게 된다. 그 소리인가 생각하려 해도 내가 들은 것은 분명히 소방차의 사이렌 소리였다. 왜 하필이면 잠을 청하려는 늦은 시간에 나는 걸까. '이제 곧 지나가겠지.' 생각하며 베개를 고쳐 누웠다.

　얼마 후 더 큰 사이렌 소리가 나를 일으켜 세웠다. 나의 잠은 완전히 깨어 달아났다. 큰길 너머 사거리 쪽으로 늘어선 소방차가 머리에 빙글빙글 돌아가는 빨간불을 밝히고 일제히 나의 창 방향으로 달려드는 것 같았다.

그런데 불이 났다면 경비실로부터 안내방송이 나와야 옳지 않은가, 아무런 방송도 없고 좌우를 살펴보아도 연기나 시뻘건 불길도 보이지 않았다. 그동안 화재 대피를 하려면 젖은 수건으로 코와 입을 막고 엘리베이터는 피해서 계단으로 신속히 대피하라고 배웠는데 막상 나의 집 주변 어딘가에서 화재가 발생하고 소방차가 온 실제 상황에서는 어찌해야 할 바를 모르고 있었다.

나는 무슨 일인지 알아보고 싶어져 밖으로 나가기로 작정했다. 물수건도 없이 계단도 아닌 엘리베이터를 탔다. 바로 아래층에서 처음 보는 중년 여인이 탑승했다. 우리는 1층으로 내려갔다. 사이렌을 울리며 출동한 소방차로 인하여 아파트 주민들이 꽤나 많이 모여 있었다. 그리고 얼마 후 화재 사건의 전모를 알게 되었다. 중학생들이 비상구 계단에 버려진 헌 정수기에 담배꽁초를 비벼 넣었고 반나절 뒤에 화재가 났으며 화재 진압을 위한 소방차가 출동한 거였다. 다행하게도 큰 화재가 나기 전에 진압했다는 것이다.

소방차도 돌아가고 사람들도 가슴을 쓸어내리며 뿔뿔이 흩어지는데 엘리베이터에서 만난 이웃 여인이 말을 걸어왔다.

"혹시 D시에서 살지 않았나요?"

"이 도시 사람 절반이 가까운 D시에서 이사 오지 않았던가요?"

그랬더니 이번에는 C여자고등학교까지 나의 과거를 물어왔다. 저 여인은 분명히 나를 알고 있는 것이 틀림없었다. 나도 궁금해졌다.

"그러시는 그쪽은 어디 사셨나요? 어떻게 나를 알지요?"

그랬더니 그 여인은 활짝 웃으며

"언니, 나야, 나, 정아라고요. 언니가 여고 때 세 들어 살던 주인집 딸 정아."

그렇게 듣고 보니 어려서 본 얼굴이 어렴풋이 살아났다.

"나를 어떻게 알아보았니?"

"언니의 웃는 모습을 내가 어떻게 잊어? 언니의 입꼬리를."

그 후로 정아를 만나 산책도 하고 밥도 먹으며 못 나눈 세월을 묻고 들었다. 주인아저씨이던 정아의 아버지는 돌아가셨다고 한다. 그만큼 세월이 지났다. 인연은 흘러가다 또 어디에선가 만나기도 한다. 나는 그녀의 문간방에 세를 얻어 사는 시골에서 온 유학생일 뿐이었는데 그녀는 그런 나보다 그 세월을 더 많이 생각하고 떠올렸나 보다.

셋방살이라 냉장고가 없어서 시골에서 가져온 김치를 정아네 냉장고에 맡겨 놓고 조금씩 꺼내다 먹었는데 정아 모녀는 그 김치 맛에 반했다고 했다. 그러기에 나를 더욱 기억한다고.

우연하게도 소방차 사이렌 소리가 울리던 날 화재 대피 나갔다가 오래된 인연을 만나게 된 것이다. 만나야 할 인연은 그렇게 어떤 사건 속에서 만나지기도 한다. 이사 후 정아에게서 전화가 왔다.

"언니, 이사 가서 거리는 멀어도 언니를 가끔 만나며 살고 싶어요."

나 역시 정아를 가끔은 만나야겠다고 생각한다. 우리가 만나야 할 인연의 양은 아직 남아 있기 때문이다.

○

어머니와 미나리꽝

어머니는 하얀 수건을 쓰고 일하는 걸 좋아하셨다. 그런 어머니를 보면 우리가 백의민족이었음이 확실하다는 생각이 떠오르곤 했다. 나는 그런 어머니가 퍽 곱다고 생각했다. 어머니는 부엌일뿐 아니라 밭일을 하실 때도 머리에 수건을 쓰셨다.

사범학교 합격생이던 어머니는 농사를 많이 짓던 외가댁 어른들의 '상급학교 진학을 포기하고 농사일 돕다가 시집가라' 던 말씀에 순종한 지고지순한 딸이요, 여동생이었다. 오빠들을 위해 학업을 양보하고 농사를 위해 집안일을 돕다가 형편이 넉넉지 않은 아버지한테 시집와서 참으로 어려움이 많았다고 한다.

어려서 본 어머니는 항상 허리를 굽혀 일하셨다. 멀리서 보면 하얀 수건을 쓴 머리가 땅을 열심히 관찰하고 있는 모습이었다. 넓은 콩밭에서 어머니를 찾아내기는 쉬웠다. 푸른 콩밭에 하얀 수건이 눈에 띄었기 때문이다. 젊어서 허리와 다리를 굽혀 성실하게 일을 해 오신 어머니의 노후는 허리가 굽고 다리를 절어야 하는 슬픈 결과를 가져왔다. 그렇게 힘든 노동과 희생으로 집안을 일으키고 형제를 돕고 자식을 키운 분들이 바로 우리 부모 세대이다.

내가 어려서는 집 안에 샘이 깊은 우물이 있었고 그 물이 흐르는 집 담 안쪽으로 미나리꽝이 있었다. 물을 쓰고 흘려보내서 미나리꽝은 항상 물 대 놓은 논처럼 저습지였다. 미나리를 뜯으러 갈라치면 장화를 신어야 했고, 미나리꽝 옆 뚝 길을 걷기라도 할라치면 헛발을 디뎌 빠지지 않도록 조심해야 했다.

집에 손님이 오시면 어머니는 낫을 들고 미나리꽝에 들어가 미나리를 베서 나오셨다. 미나리를 삶아 나물을 무쳐 상에 올리는 일이 우리 집의 별미요, 자랑이요, 어머니의 솜씨 중 제일이었다고 나는 기억한다. 그때도 어머니는 하얀 수건을 쓰고 미나리꽝에 들어가셨다. 미나리꽝에 나비라도 날아오르면 하얀 수건을 쓴 어머니와 어울려 한 폭의 그림이 되고는 했다. 하얀 수건을 쓴 어머니가 나비처럼 보였다. 어머니는 분명 나비였다.

파란 미나리꽝을 훨훨 날아다니는 하얀 나비. 나는 어머니가 아름답다고 생각했다. 지금도 하얀 머릿수건을 쓴 어머니의 모습을 잊을 수가 없다. 이제는 고향의 집터도, 미나리꽝도 흔적 없이 사라졌다. 그래도 어려서의 추억은 내 마음속에 여전히 남아 있는 한 폭의 그림이다.

어려서의 정경들은 그렇게 자연과 어우러지는 소박하고 평화로우며 서정적인 목가적 풍경화 같았다.

2

과거 보러 가는 길

○

하루하루를 인생의 마지막처럼

누구든지 아침에 거울을 보며 자기 자신에게 물어볼 수 있다. '오늘이 마지막이라면 지금 무슨 일을 하겠는가?'라고. 그러나 병원으로부터 시한부 기간을 선고받지 않은 이상 자신이 죽을 거라 생각하는 사람은 없다.

나는 몇 달 전에 뇌에 있는 종양을 제거하면서 수술과 광선으로 치료를 했다. 병원 측에서 너무 심각한 상황이라고 무겁게 말하여, 나는 길어 봐야 며칠을 살지 못할 것으로 알아들었다. 담당 주치의의 표정이 너무 어둡게 보여서 오해의 골이 더욱 깊었다. 마치 '이 환자에게 주변을 정리하라고 말해 주어야 하는데 차마 입이 떨어지지 않아.'라고 눈빛으로 말하고 있는

사막에서 온 눈물

것만 같았다.

　임종을 준비하라는 뜻이라고 생각한 나는 지갑에 든 몇 장의 증명사진을 찾아서 그중에 영정사진으로 쓸 만한 사진을 골라냈다. 그것은 앞으로의 상황에 대응할 준비였다. 즉, 작별 인사를 미리 마련하려는 생각이었다. 그렇게 며칠을 병원에서 시한부 인생을 살고 있었다.

　그러다 수술을 했고 조직검사와 MRI, 그리고 CT 촬영의 정밀한 결과가 나왔다. 그 당시 나는 마취 상태와 수술 후 극심한 혼란 상태였기에 후에 가족들이 말해 주는 것으로 결과를 전해 들었다. 그들이 전해 주기를 의사들이 현미경으로 세포를 분석하면서 '럭키 케이스'라고 말했다는 것이다. 즉 돌연변이성 증상으로 치료가 가능하다고 했다는 것이다. '진료받으면서 약을 잘 쓰면 좋은 기대를 걸 수 있다.'라는 말을 했다고 가족들은 내게 전했다.

　죽음을 겸허히 받아들이며 주변을 정리하던 나에게는 실로 기적 같은 일이고 울며 감사 기도를 드릴 일이었다. 놀랍게도 뇌는 수술 후 점점 기능을 정상으로 회복했다. 그때만큼 내가 죽음에 가까이 가 본 적은 없다.

　나처럼 죽음에 가까이 가 본 이들 대부분이 그렇지만 이런 경험을 해 보니 '죽음'이 때론 유용하단 것을 느낄 수 있었다. 왜냐하면 삶을 정리한다고 해도 그때만큼 철저히 정리하기가 쉽지 않기 때문이다.

아무도 죽길 원하지 않는다. 천국에 간다고 해도 당장 죽는 일은 원치 않을 것이다. 그렇지만 우리 모두는 언젠가 다 죽는다. 아무도 피해 갈 수 없는 것이 죽음이다. 그리고 그래야만 한다. 죽음이 없이 영생토록 삶을 영위한다면 그 삶은 너무도 가혹한 형벌이 될 테니까…. 죽음이 있기에 인생은 아름다울 수 있다.

그런데 사람들은 죽음에 대한 근심으로 삶을 엉망으로 만들고 삶에 대한 근심으로 죽음을 망치기 일쑤다. 죽음 앞에 서 보니 그동안 살아온 것에 대한 나의 태도가 어떠했는가를 반성할 수 있었다.

타인의 삶을 사느라고 시간을 허비하면 안 된다는 것도 느꼈다. 즉 다른 사람들이 생각한 결과에 맞추느라 에너지를 소비하는 어리석음을 행해서는 안 됨을 깨달았다. 하루하루를 인생의 마지막처럼 산다면 진실하고 성실하며 옳은 삶을 살 것이다. 스티브잡스가 말한 대로 '내 삶은 나의 것'이다. 우직하게 갈망하는 것을 해야 하는 것이 삶이다.

죽는 순간까지 내가 소신 있게 나의 일을 해 나가는 것. 그것이 삶인 것이다. 나는 오늘도 내가 갈망하는 일인 '글쓰기'를 우직하게 하고 있다.

○

'불가사의' 인도

인도는 우리나라에서 그리 멀리 떨어진 나라는 아니다. 세계적으로 인구밀도가 높고 신분제도가 있는 나라로 유명하다. 인도의 시성 타고르는 「동방의 등불」이라는 시로 우리나라의 암울한 시기에 청년들에게 힘이 되고 용기를 주었기에 더욱 잘 알려져 있다.

그는 단편도 썼는데 『아기 도련님』이란 작품이다. 라이차란이라는 사람이 주인댁의 아기 도련님을 잃어버렸다가 자신의 아들을 대신 아기도련님으로 바치는 천로역정 같은 내용이다. 인도의 신분제도와 인도인의 종교적 내세관 그리고 인도가 어떤 나라인지를 잘 그려 냈다. 한 예로 인도인들의 내세관을 들여다볼 수 있는데, 그들은 현세에 천한 신분으로 살아도 내세에서는 귀한 신분이 될 수 있다고 믿는다. 그래서 고통마저도 기껍고 즐겁게 받아들일 수 있다는 것이다.

내가 인도를 방문했던 때의 놀라운 광경이 지금도 눈에 선하다. 나는 지금으로부터 20년 전 스무 명 남짓의 교육 선교 봉사 회원들과 함께 델리 공항에 도착했다. 우리의 리더는 소리쳤다. '거적을 덮은 거지를 조심하세요!'라고.

낮에는 관광객에게 구걸을 하고 밤에는 거적을 덮고 공항 바닥에서 잠을 청하는 사람들의 모습이 눈에 띄었다. 그 당시는 서울역에도 노숙자가 거의 없던 시절이었기 때문에 그런 광경에 익숙하지 않았던 우리 일행은 적잖이 당황했다. 발전 속도가 빠르게 변모해 가는 세계의 많은 나라들에 비하면 인도라는 나라는 변화와는 상관없는 불가사의한 나라였다.

지난해 인도 여행을 마치고 온 지인은 인도는 길거리에 거지가 가득하고 거지만큼이나 어슬렁거리는 소가 많았으며 강물이건 거리건 쓰레기로 넘쳐났다고 전했다. 여행이 즐겁지 않아서인지 물갈이를 해서인지 배탈까지 나서 귀국해서도 한참을 고생했다고 전했다. 그렇게 전하는 지인은 인도의 불가사의함에 대하여 이해할 수도 이해하고 싶지도 않은 낯설고 달갑지 않음이라고 부연 설명했다. 20년이 지났는데도 인도라는 나라는 변화와는 무관하게 한결같다니. 여전히 놀랍다.

사막에서 온 눈물

세계 7대 불가사의가 있다. 고대에는 피라미드를 비롯한 건축물이, 중세시대에는 로마의 콜로세움을 포함한 유적들이 불가사의로 꼽힌다. 불가사의란 보통 사람의 생각으로는 미루어 헤아릴 수도 없을 만큼 이상야릇한 일을 말하는데 사람들은 고대와 중세에는 기적적인 건축물이나 유적을 꼽았다. 시대에 따라 약간의 차이는 있다. 현대의 불가사의는 엠파이어스테이트 빌딩, 금문교를 포함하여 파나마운하를 들기도 한다. 다른 시각으로 본 누군가는 고대와 중세 그리고 현대를 섞어 브라질의 예수상, 인도의 타지마할을 말하기도 한다.

그런데 많은 사람들이 건축물에나 유적에 붙여지는 이름인 '불가사의'라는 말을 왜 인도라는 나라 앞에 서슴없이 붙여 말할까. 인도라는 나라가 보통 사람의 생각으로는 미루어 헤아릴 수도 없을 만큼 이상야릇한 일이 많아서 그런 이름이 붙었을 것이다.

한 달이라는 기간을 보내고 교육 선교 봉사단원들이 한국으로 귀국하는 날이었다. 연착된 비행기가 문제가 되었다. 그때 우리의 리더가 또 말했다.

"여기는 그런 나라입니다. 수시로 연착되고 언제 비행기가 뜰지 모르는 나라입니다. 조용히 기도하면서 기다립시다."

우리 일행은 밥도 먹지 않고 화장실도 가지 않고 공항 쪽으로 난 고아원 담에 일렬로 줄지어 서서 비행기가 뜬다는 소식만 기다리며 신께 빌었다. 제발 해가 지기 전에 비행기가 뜨게 해 달라고. 그런데 신께서 우리의 간절함을 아셨는지 다행하게도 하루를 넘기기 전에 비행기가 이륙하니 공항으로 출발해도 된다는 연락을 받았다.

　　불가사의함에 익숙해진 우리 일행들은 합장을 하고 '당신 안에 있는 또 다른 신을 존경합니다. 나마스테!' 인사하고 인도를 떠나왔다.

○

꽃을 닮은 사람들

　나는 꽃을 몹시 좋아한다. 이불도 꽃무늬 이불, 원피스도 꽃무늬 옷을 샀고 그림도 꽃 그림을 많이 그렸다. 꽃가게 앞을 지나갈 때면 누군가 꽃을 한 아름 사서 나에게 건네주는 상상을 하곤 했다. 매일 식탁에 꽃이 든 꽃병을 두고 밥을 먹고 싶었다. 화단이 많아 늘 꽃이 피는 풍경이 있는 집에서 자란 탓인지도 모를 일이다.

　아버지와 할아버지 두 분은 다행스럽게도 취미가 같았다. 바로 정원 가꾸기였다. 돌을 사다가 경계석을 세우고 마당 높은 곳과 낮은 곳을 구분하여 1층과 2층을 나누어 화단을 꾸며 놓으셨다. 그리고 화단의 시작부터 다른 쪽 끝까지 종류가 다른 꽃을 심어 두셨다. 계절까지 생각하여 심었는지라 어느 계절이고 꽃이 펴서 화단이 한적할 틈이 없었다.

집 안에서 일하다 보기에도 좋았고 밖에서 지나가다 대문 안으로 들여다보기에도 좋았다. 그 누가 보기에도 심심치 않고 흐뭇할 정도로 좋았다. 구경 오는 사람도 많았으며 나는 그렇게 꽃 속에서 성장을 했다. 그래서 꽃을 보면 어린 시절의 추억이 떠오르곤 한다. 그리고 꽃 생각 자체만으로 행복해진다.

한번은 비가 세차게 뿌린 여름날 아침이었다. 수국 꽃나무 아래로 개구리밥 크기의 하얀 꽃잎들이 별 무리처럼 흩뿌려져 있었다. 세찬 비바람을 못 견디고 꽃나무는 그렇게 꽃가루를 뿌려 둔 것이었다. 난 늘어진 수국을 꺾어다가 유리병에 꽂아 교실의 선생님 책상에 올려 두었다. 그 모습을 보신 선생님의 표정도 비 온 뒤 수국처럼 환하게 펴지면서 빛이 났다. 비 온 뒤 수국이 선명하고 밝아지는 것을 그때부터 깨달았다.

그렇게 꽃은 피었건만 그때만 해도 꽃으로 차를 만들어 마신다는 생각은 하지 못했다. 요즘 들어서야 꽃차 산업이 발달하여 꽃차 만들기가 열풍이다. 내 주변에 꽃으로 아름답게 늙어가는 꽃 같은 여인이 있어 나도 관심을 갖게 되었는데 바로 동인화 연구소 K원장님이다.

'타샤의 정원'에 사는 타샤처럼 그녀는 산속에 집을 짓고 정원을 가꾸며 산비탈에도 온갖 꽃을 가꾸고 있다. 산과 집 그리고 정원이 어우러진 그림 같은 곳에서 꽃차를 연구하며 살고 있다. 더구나 사람들을 모아 그 비법과 효능을 전파하고 있다. 그녀 한 사람만 놓고 보아도 꽃같이 아름다운 여인인데 꽃을 만지며 꽃의 약리 작용도 알려 주고 꽃 같은 마음으로 그곳에 간 사람들의 아픈 마음을 치료까지 해 주니 더욱 아름답고 고귀하다.

지인이 나를 소개해서 나도 꽃차 수업에 참여하게 되었다. 그곳에 가서 꽃을 보고 꽃에 대해 듣고 나면 마음이 느긋해지고 편안해짐을 느낄 수 있다. 맑은 새소리를 들으며 꽃을 따는 즐거움도 대단히 크다. 그 행복한 시간은 세상의 다른 시간과 대체할 수 없는 가치 있는 시간이다.

그런 사실을 주변에 알리고 싶어 소개했더니 몇몇 지인이 타고난 관심과 흥미를 가지고 참여했다. 고향 집 산야에서 채취한 꽃들로 정성껏 꽃차를 만들었다는 이야기도 전해 주었다. 나는 몇 번을 놀랐다. 사람을 돕는 꽃이 가진 이로운 성질 때문에. 채취 과정 중에 있던 그들의 이야기를 귀 기울여 듣자면 활기찬 기운이 꽃처럼 피어난다.

꽃차를 마시면 꽃밭에 앉아 있는 착각도 든다. 〈꽃밭에서〉 노래 가사를 흥얼거리게 된다. 오래도록 건강하여서 꽃의 속내를 닮은 사람들로부터 향기로운 꽃 이야기를 계속 전해 듣고 싶다.

○

글 인생과 문우(文友)

어려서부터 문학소녀였던 나는 성인이 되어 본격적으로 글을 쓰기로 마음먹고 시집도 내고 동화도 쓰면서 문학 동아리와 여러 문학협회 행사에 참가하게 되었다. 그러다 보니 자연스레 문우를 만나게 되었다. 문인들을 만난다고 다 문우가 되는 것은 아니다. 나이가 비슷한 또래는 글벗이라고 부르는 것이 마땅하다. 내게는 글벗도 많지만 연세 지긋한 분들로 몇 분의 문우가 있다. 그분들의 말씀을 듣고 배우는 일이 더 좋음을 알게 되었다. 글 스승님으로 알고 가르침을 받아 잊지 않으려 노력해 왔다. 그중에 몇 분을 적으려 한다.

J선생님은 이미 작고하신 분이다. 내가 동화를 썼을 때 교정을 봐주며 2쇄를 찍게 도와주고 "김 시인은 시보다 동화를 더 잘 쓰니 수필을 써 보세요."라고 따뜻한 조언을 주기도 했다. 나의 시 세계를 그렇게 조용하고 얌전하게 타일러 준 것이 아닐까 생각된다. 그분은 어머니에 대한 효성이 남달랐는데 17살 많은 누이 같은 어머니와의 관계가 각별함에 대해 몇 번이나 들려준 기억이 지금까지도 생생하다. "자당님은 안녕하신가요?" 안부를 묻기도 했는데 J선생님은 황망하게도 자신의 어머니보다 일찍 세상을 떠났다.

H교수님 역시 작고하셔서 만날 수가 없다. 어느 날 사석에서 그런 식의 시는 쓰지 말라."고 일침을 놓는 바람에 한참을 서운한 마음으로 지냈다. 그런데 그 일침이 시에 대한 사유와 관심을 높여 주었다. 그래서 대학원 박사 과정을 공부하며 고민하고 노력하는 시간을 가지게 되었다. 어느 겨울 날 집 근교 공원에서 내려오는 길에 M대학 교정에서 그분의 묘비를 보았다. 겨울 눈에 쌓여 묘비 앞에 덩그러니 얼어 있는 꽃바구니를 보고 가슴이 시리고 아렸다. 더 따끔한 말씀을 듣고 싶어도 이제는 안 계시니 안타까울 뿐이다.

K시인 역시 내게 따끔한 충고를 주신 분이다. 작품을 많이

내는 것보다 심혈을 기울여 좋은 작품 하나를 내는 일에 더 노력해야 한다고. 그 충고 덕에 무지몽매하던 나의 문학적 둔감함을 약간이라도 벗을 수 있게 되었다. 참 감사한 일이다.

K시인, Y시인과 함께 동화연구모임을 한 적이 있다. 우리의 연구회는 몇 년을 유지해 오다가 지금은 이러저러한 이유들로 해산되었다. 그런데 최근에 K시인께 들은 한마디가 잊히지 않는다. "나이 들어서도 혼자 하기 가장 좋은 것은 글쓰기요. 숨이 멎는 순간까지 펜을 놓지 말아야 하오."

Y시인은 언니같이 나를 알뜰하게 챙겨 주는 문우이다. 우리는 절친하면서도 서로에게 예술적 교감과 에너지를 주는 사이다. 나보다 일곱 살이 많은데 문학에 대한 열정은 나보다 더 젊고 뜨거워 가끔은 깜짝 놀란다. 소논문과 평론을 많이 발표하는 에너지와 실력을 겸비한 문학인이라 존경스럽기만 하다. 고향집 박꽃 같은 시어들로 향토시를 쓰는 문우, 하얀 앞치마에 물기 묻은 손을 닦으며 부엌에서 막 나온 것만 같은 문우. 내가 기댈 수 있는 넉넉한 성정의 소유자이다.

G원장님은 내가 지금 이 글을 쓰는 데 있어 에너지가 끓어오르도록 기폭제 역할을 한 영향력이 아주 큰 문우이다. 그분의 작품을 읽고 어찌나 감동을 받았는지 나도 그분처럼 쓰고

싶어졌다. 칠십이 넘은 연세에 고향에서 농사를 짓고 문화원에 나가 후학들에게 창작 열정을 아낌없이 나누어 줄 만큼 아량이 넓은 어른이다. 나는 실력이나 형편으로 그분과 교유하기에 턱도 없이 부족한 사람인데도 오랜 시간 동안 잊지 않고 격려를 주시니 늘 고맙게 여기고 있다. 고향 후학들의 발전을 위해서나 국가적인 문예 발전을 위해서도 G원장님이 오래도록 건강하게 자리를 지켜 주신다면 얼마나 좋을까 바라본다.

○

목소리 지문

목소리는 우리가 살아가는 데 참으로 중요한 요소이다. 신체가 가진 발성기관에서 나는 소리치고는 많은 일을 한다. 태어나면서부터 울고 그 울음소리로 생명을 이어 갈 젖을 얻어먹기도 한다. 자신의 상황을 나타내는 목소리는 사람에게도 동물에게도 없어서는 안 될 중요 요소인 것이다.

남극의 펭귄은 어떻게 목소리를 구분할까? 먼저 펭귄의 삶을 들여다보면 여간 놀랍고 신기한 것이 아니다. 남극에 서식하는 황제펭귄은 짝짓기 때가 되면 각자의 사냥터 바다에서 나온다. 암컷이 알을 낳고 그 알을 수컷이 받는다. 황제펭귄 수컷의 육아는 동물학자들도 놀라는 부성 중에 으뜸가는 부성이라고 한다.

펭귄 무리의 안과 밖의 기온이 10도나 차이 나서 새끼들이 자칫 얼어 죽을 수도 있는 극한의 온도에 노출되지 않도록 아빠 펭귄들은 자리를 바꿔 가며 교대로 '허들링'이라는 단체 움직임을 한다고 한다. 매섭고 혹독한 극지방의 얼음바람 속에서 쉬지 않고 새끼를 키운다니 얼마나 경이로운 일인가.

암컷이 돌아오는 날, 그 많은 펭귄 들 중에 자기 짝을 어떻게 찾는 것일까? 짝의 모습도 비슷하고 새끼는 처음 보는 날인데. 그런데 놀랍게도 펭귄들은 짝을 맺기 전에 짝의 목소리를 뇌에 저장해 두는 특별한 능력이 있다고 한다. 저장해 둔 그 목소리를 재회하는 날 기억해 낸다는 것이다. 목소리 지문을 확실하게 기억하고 있다는 증거이다. 얼마나 신비로운 일인가?

그렇게 암컷이 돌아오는 날은 수컷들이 고래고래 노래를 부르며 자기 짝을 불러 새끼를 넘겨주고 길을 떠난다고 한다. 수컷들도 새끼를 부화시키고 키우느라 감소된 체중과 바닥난 기력을 회복하기 위해 먹이 활동이 필요하므로 바다로 떠나는 것이다.

내가 소그룹의 팀에 속해 목포로 여행을 갔을 때의 일이다. 때마침 지역 문화 축제 중이었다. 우리 일행은 행사 관람 후 저녁을 먹기로 했고 식당을 미리 알아 둬야 했다. 나는 가게 문을 열고 홍어애탕이 가능한가만 물었다. 여행 일정이 어떻게 변할지 모르기 때문이었다. 한참이 지나 식당에 다시 가게 되었다. 혼잡하여 나를 기억 못 할 줄로만 알았는데 주방장은 내 목소리를 기억하고 홍어애탕을 내왔다. 목소리 지문을 저장해 두었기에 가능한 행동이었다.

그다음 해, 나는 다른 일행과 그 식당을 한 번 더 가게 되었다. 마침 가게가 마감을 하고 김장을 하는 중이었다. 그런데 내 목소리를 기억하고는 상을 차려 주었다. 새로 담은 김장김치까지 덤으로 얻어먹게 되었다. 우리는 목소리를 기억해 준 그 주방장에게 감사하다고 인사했다. 펭귄처럼 목을 끼루룩 늘여서.

목소리에도 지문이 있다. 남극의 황제펭귄도 지문이 있는 목소리로 대를 잇고 지구 생명체의 일부로 살아간다. 우리 인간들 역시 목소리에 지문이 있다. 목소리 지문을 기억하는 그 세심함 덕에 식당 문을 닫을 늦은 시간 들른 곳에서 목소리를 알아들은 식당 주방장이 차려 준 따뜻한 밥을 먹을 수 있지 않았는가.

가끔 공원을 걷다 보면 '엄마!' 부르는 소리에 뒤를 돌아다본다. 나의 자녀들이 다 장성하고 그 시간 그곳에 없는 것을 알고 있으면서도 돌아본다. '엄마!'라는 그 짧은 외마디만으로도 심장 안쪽에 각인된 자녀들 목소리의 지문이 되살아나 멎었던 유혈(乳血)이 온몸을 뜨겁게 다시 한 바퀴 도는지도 모른다.

○

안녕, 나의 해피스

해피스는 우리 가족이 필리핀에서 키우던 개 이름이다. 고용휴직을 신청하여 마닐라에 있는 한국아카데미 M.K.School에서 근무할 때 이웃에서 분양해 온 새끼 개를 키우게 되었다. 다 자라면 송아지 크기로 크는 개라서 그런지 새끼 때부터 몸집이 컸다. 해피는 행복이라는 뜻이요, 피스는 평화라는 뜻이라 둘을 섞어 행복하고 평화롭기를 바라고 지은 이름이다. 그런데 그 개는 이름만큼 행복하지도 평화스럽지도 못했으니 이름이 너무 좋아 그런 건 아닌가 싶다.

옛날 우리 조상들은 자식의 이름을 귀하게 지으면 화를 입는다고 믿어 어려서는 천명위복(賤名爲福)이라고 함부로 부르는 이름을 지어 부르다가 아이가 성인이 되면 다시 작명해 주었다고 한다. 고종 황제의 어려서 이름을 '개똥이'라 부르고 자라서는 장수하라는 뜻으로 '명복(命福)'이라고 지었다니 자식의 안전을 바라는 부모 마음은 동서고금, 지위신분을 막론하고 다 같은 것이었던가 보다.

달마시안이라는 견종은 흰 바탕에 검은 얼룩무늬가 있는 강아지로 애니메이션 〈101마리 달마시안〉에 모델로 나와 잘 알려진 개다. 해피스는 흰 바탕에 검은색 무늬가 유난히 선명하고 얼굴 모양이 새초롬한 소녀 같은 표정이었다. 여러 마리의 새끼 중 막내가 우리 집에 오게 되었다.

개를 키우는 기쁨은 키워 본 사람만 안다고 하는데, 생각지 못한 순간들에서 기쁨을 선물로 받기도 한다. 동물과의 교감이 주는 행복은 참으로 신기하다. 산책할 때 받는 에너지는 주인을 건강하게 만들어 주기도 하고 사람 사이에서 다친 마음을 치유해 주기도 한다. 식구 수를 셀 때 개를 포함해야 하는 이유를 별다른 설명 없이 가능하게 하는 개라는 짐승, 개 때문에 마음이 쓰이고 자식 하나 더 키우는 심정으로 걱정과 관심을 쏟게 되기도 한다.

가족의 공통 관심 이야깃거리가 되는 동시에 골칫거리가 되기도 하던 해피스는 그렇게 사랑을 받으며 무럭무럭 자라고 있었다. 그런데 우리 가족이 한국으로 돌아올 때가 문제였다.

정들게 키우던 식물도 남을 주려면 마음이 허전하고 쓸쓸해지는데 하물며 동물일진대 어떠했겠는가.

이사 정리를 하느라 해피스를 학교 앞 큰 철창으로 만든 개 우리에 넣어 두어야 했을 때의 일이다. 내가 마을에서 일을 보고 학교로 가고 있었다. 바람결에 멀리서 풍겨 오는 주인의 냄새를 맡았는지 아니면 주인의 발자국이나 말소리를 들었는지 몰라도 해피스의 몸부림치는 울부짖음이 들려왔다. 온몸으로 밀어붙이는 통에 큰 철창이 덜컹거리고 개의 가쁘게 몰아쉬는 숨이 멀리 걷고 있는 나에게까지 들려왔다.

개는 곧이어 낑낑대기 시작했다. 자신을 우리에 가두고 어딜 가느냐고 주인에게 따지는 몸짓이었지만 내가 해 줄 수 있는 일은 아무것도 없었다. 나는 차마 해피스에게 가지 못하고 외면했다. 어서 새 주인을 만나 잘 살기만을 빌 뿐이었다. 사람이 무능하게 생각되는 너무나 안타까운 일이었다. 그렇게 키우던 개를 두고 우리 가족은 그곳을 떠나오게 되었다.

그런데 참 못 할 짓을 했다. 사람의 언어를 못 알아들어도 좀 쓰다듬고 위로해 줄 것을. 내가 떠나더라도 건강하게 잘 지내라는 작별 인사 정도는 했어야 했는데 너무 무심했다. 서둘러서 새 주인이 될 사람도 알아보고 정한 뒤 해피스가 옮겨 가는 모습을 보고 난 후에 한국에 돌아왔더라도 늦지 않았을 텐데, 그랬으면 좋았으련만. 사람 귀국하는 일만도 힘에 부쳐 개는 나 몰라라 한 셈이었다.

한국에 돌아와 한동안 해피스 꿈을 꾸었다. '사람 같아야 비행기에 태워 데려올 수 있지. 동물을 어쩌겠어. 새 주인 만나 잘 살 거야.' 하고 혼잣말로 위안을 했다. 하지만 그걸로도 마음을 달랠 수가 없어 나는 해피스가 주인공으로 나오는 이야기를 동화로 썼다.

해피스와 지내면서 있었던 일을 써서 책으로 내니 미안한 마음이 조금은 덜어졌다. 나는 그 책을 여러 학교의 도서관에 기증해 자라나는 순수한 동심들에게 전했다. 해피스 이야기를 읽고 '이런 개도 있구나.'라고 떠올려 주기를 바라는 마음에서였다.

이십 년이 된 이야기이다. 개의 수명이 길어 봐야 10년 정도라니 해피스는 이제 살아 있지 않을 가능성이 더 높다. 한국에서 살았더라면 반려견 문화의 영향을 받아 훨씬 더 많은 관심과 사랑을 받고 건강한 삶을 누렸을지도 모르겠다.

마하트마 간디는 '한 나라의 위대함과 도덕성은 동물을 대하는 태도로부터 알 수 있다.'고 말했다. 다시 개를 키운다면 사랑과 보호는 물론이요, 절대 개를 두고 떠나는 행동은 하지 않을 것이다.

사막에서 온 눈물

○

인도에서 재현한 추억의 수제비

내가 어려서는 온 동네가 참으로 못살았다. 60년대 시골 마을은 이웃 사람들이 다 똑같이 가난했다. 전쟁 이후 재건을 한지 십 년이 지났다 해도 시골 마을이 갑자기 정비되고 도시화될 수는 없었다. 새마을 운동은 70년대부터 시작된 혁명이었다. 그 당시 나는 중·고등학교 청소년을 지냈으니 새마을 운동의 영향을 받은 세대였다. 중학교 교내백일장 대회에서 새마을 운동을 소재로 낸 글이 최우수상을 받은 걸 보면, 변화의 시대 속에서 소재를 찾아 글을 쓰며 성장한 문학소녀였다.

어려서는 농촌의 가정에서 밀가루를 배급받았고 각 가정마다 칼국수나 수제비를 만들어 먹었다. 쌀밥을 짓는 일보다 저렴

하고 편해서 먹었는데, 곤궁할 때 식구들과 나누어 먹어 늘 양이 부족한 듯 느껴지던 음식이 지금은 추억의 음식이 되었다.

할머니는 칼국수를 잘 만드시던 장인 같은 분이었다. 큰 두레상만큼 넓게 반죽을 늘여 몇 겹을 접어 칼로 가늘게 썰어 밀가루를 묻힌 뒤 채반에 홀홀 털어 내면 실타래를 풀어놓은 것처럼 채반 가득 칼국수 면이 쌓였고, 끓는 멸치육수에 호박을 숭숭 썰어 넣고 함께 끓이면 감사하고 거룩한 저녁 식사가 완성되었다. 어려서는 맛도 잘 모르고 따라 먹던 그 맛, 지금은 비가 오거나 마음이 쓸쓸해지면 그 맛을 찾아 식당을 두리번거린다.

아랫집은 수제비를 잘해 먹는 집이었다. 식구 수도 많고 손이 덜 가는 수제비는 칼국수 반죽보다 훨씬 질어서 밀가루 양도 아낄 수 있어 여러 식구가 빠른 시간에 허기를 면하는 데 더 효과적이었다.

큰 주걱에 질은 밀가루 반죽을 얹어 젓가락으로 일정한 간격을 두고 '뚝! 뚝!' 떠 넣기만 하면 되는 보기에는 쉬운 요리였는데 숙련된 기술을 요하는 음식이기도 했다. 육수에 들어간 수제비는 빨리 익었다. 한 사발씩 자신의 양을 받은 아랫집 식구들은 부엌이든 마당이든 되는 대로 앉거나 서서 식사를 마쳤고 나는 그 모습이 부러웠다. 수제비 뜨는 기술과 마파람에 게 눈 감추는 듯 후루룩 먹는 모습도 재미있고 조금 얻어먹은 맛이 아주 좋았기 때문이다. 언젠가는 나도 수제비를 떠 보고 싶

사막에서 온 눈물

었다.

그런데 내가 수제비를 뜰 수 있는 기회가 생겼다. 인도로 교육 선교 봉사를 갔을 때의 일이다. 캘커타 빤뿔 고아원을 방문해서 지붕도 고치고 주변 정화 활동을 한 날이었다. 고아원 아이들 목욕 봉사를 마친 저녁 시간에 한국인 원장님이 마당 가운데 큰 솥을 걸고 장작을 지폈고, 드디어 끓는 육수에 수제비를 뜨는 시간이 되었다. 나는 어려서 유심히 봐 두었던 수제비 뜨는 기술을 발휘했다.

다행하게도 거기엔 큰 나무주걱이 있었다. 나는 질게 반죽한 수제비 반죽을 나무주걱에 척하니 얹었다. 미끄러우면서도 점성이 있는 반죽은 나무주걱에 붙어 있다가 내가 내두르는 젓가락에 의해 일정한 간격으로 끊어져 솥 안으로 떨어졌다. 나는 용케도 어린 날 보았던 그 기술을 실수 없이 발휘했던 것이다. 일행들은 서커스를 보는 것처럼 들떠서 박수를 쳤다. 내 기분이 몹시 좋아진 것은 두말할 나위도 없다.

수제비가 다 익고 먹을 때 모두가 맛있다고 칭찬을 아끼지 않았다. 사실 그날 요리의 성공 비결은 나의 손이 한 일에 인도의 보라색 양파로 육수의 간과 맛을 맞춰 준 연세 드신 단원들의 공이 더해진 덕분이었다.

우정, 앞도 뒤도 아닌 옆에서 걷는 것

등 뒤로 불어오는 바람, 눈앞에 빛나는 태양, 옆에서 함께 가는 친구보다 더 좋은 것은 없다는 말이 있다. 아무리 바람과 태양이 좋다고 한들 함께 걸을 친구가 없다면 무슨 즐거움이 있겠는가. 친구란 리무진을 함께 탈 수 있는 사람보다 리무진이 고장 나 버스로 갈아탔을 때 버스를 함께 타 줄 수 있는 사람이라고 한다.

내게도 아주 절친한 친구가 있다. 요즘 애들 말로 베스트 프렌드다. 우리가 만난 지 햇수로는 43년째다. 열일곱 여고 1학년 때 만났는데 우리는 그즈음 말하는 유학생이라는 공통분모가 있어서 친해지게 되었다. 자신들의 출신지인 시골에서 떠나

대전이라는 큰 광역도시로 나가서 고등학교 공부를 하다 보니 원래 살고 있는 도시 학생들에게 실력으로나 경제적으로나 치이기 일쑤여서 서로의 사정을 딱하게 여기는 동병상련의 마음이 생긴 것이다.

우리는 첫눈에 도시 깍쟁이가 아니고 시골 순둥이라고 쓰여 있는 각자의 얼굴에서 자신의 모습을 찾았는지도 모를 일이다. 이 세상이 산, 강, 그리고 도시만이 있다고 생각한다면 참으로 공허했을 터인데 우리는 마음이 통하는 친구가 있어 서로 같은 생각으로 학교에 다녔다. 느끼는 감정이 같음으로 해서 서로에게 의지가 되었고 이 지구가 우리가 살기에 아름다운 정원이라고 느꼈다.

나는 친구네 부모님이 과수원 농사를 짓는 것이 그렇게 부러울 수가 없었다. 우리도 농사를 짓는 집이었건만 벼농사와 밭농사인 반면 친구네는 포도 농사를 지었기 때문이다. 방학에 가서 포도 따는 일을 돕고 실컷 먹을 수도 있다는 생각에 나는 방학 때 친구네 집에 가기로 약속을 해 두었다. 날짜가 한참 남았는데 매일 여름방학을 손꼽아 기다렸다.

한 번도 가 본 적이 없는 친구 집을 시골 버스를 타고 찾아가는 길은 해거름이 된 여름 저녁이었다. 누가 소꼴을 베어 갔는지 친구네 마을 언저리부터 싱그러운 풀 냄새가 진동을 했다. 나는 기분 좋은 현기증을 느끼며 신작로를 지나 오솔길을 걸어 친구 집을 찾아갔다.

친구의 집에서 며칠을 묵으며 일을 거들었는데 그것은 어디까지나 나의 입장에서 거들었다는 생각이지, 기실 큰 일손도 안 되는 딸 친구가 와서 밥 먹는 식구가 하나 더 늘어난 셈이었다. 지금 생각해 보면 귀찮았을 법도 한데 웃는 낯으로 내색 한 번을 안 한 친구 부모님은 도가 높으신 분들이었다. 일보다는 우정을 생각하여 즐겁게 시간을 보내는 딸과 친구를 너그럽게 봐준 것 같았다.

포도밭은 십 대 여고생이 놀기에는 딱 안성맞춤이었다. 넓은 잎사귀가 머리 위로 천장을 만들어 뜨거운 햇볕을 가려 주었고 보라색 열매가 주렁주렁 매달려 보기에도 풍성하고 좋았다. 네 살 적은 친구 동생과 우리는 깔깔거리며 포도밭 밭이랑 사이로 삼륜 구루마를 끌고 다녔다. 중심을 잃고 넘어지기라도 하면 또 웃음보가 터져 뱃가죽이 아플 정도로 웃어 댔다.

햇볕에 잘 익은 포도의 즙은 달면서도 신맛이 강했다. 나는 그 신맛이 좋았다. 산미가 적절하게 나도록 농사지은 친구 아버지의 고도의 기술이 깃든 농법이었기에 그 맛이 나왔을 것이다. 그렇게 맛있는 포도를 나는 그곳 외에 어디서도 맛본 적이 없다.

또 친구네 집 울타리 주변으로 집채만큼 아주 큰 자두나무가 있었다. 한입 베어 물면 입술 옆으로 붉은 과즙이 주르륵 흘

사막에서 온 눈물

렀다. 그래서 이름도 피자두였다. 하루는 그 자두를 털었는데 자두가 마당 가득 산처럼 쌓인 걸 보고 나는 동화 속 그 어디에 이런 나라가 있을까 하고 신기하게 생각하였다.

그렇게 친구 집을 방문한 일을 여름방학 숙제인 기행문 쓰기에 제출했는데, 그 작품이 뽑혀서 한동안 교실 뒤편 게시판에 붙어 있었다. 그 글을 고개를 젖히고 열심히 읽어 준 독자는 다름 아닌 그 글 속의 주인공인 베스트프렌드였다. 그런 걸 보면 나는 어려서나 중학생 때나 여고생 시절이나 늘 글쓰기를 좋아했다. 그런 나를 문학소녀였노라고 친구는 가끔씩 내게 상기시켜 주곤 한다.

친구네 포도밭이나 자두나무 집터는 광역도시 개발과 확장으로 온데간데없이 사라졌다. 더욱이 안타까운 일은 그렇게 자상하시고 농사를 잘 짓던 친구 아버지가 병으로 일찍 작고하셨다는 점이다. 참 너그럽고 인자한 분이셨는데….

나의 문학에 약간의 신맛이 있다면 바로 친구네 농장의 과일 신맛이 녹아 있는 까닭이다. 친구와는 나이가 들수록 정답게 만나고 있다. 그뿐만 아니라 어려서 포도밭에서 같이 깔깔거리던 친구의 여동생은 나의 인생 친구가 되었다. 내가 병원에 입원해 있는 동안 간병인을 자처해서 와 줄 정도로 진한 우정을 보여 주고 있다. 친구 동생의 예의 바른 품성을 보면 떠오르는 명언이 있다.

'우정이라는 기계에 잘 정제된 예의라는 기름을 바르는 것은 현명하다.'

사막에서 온 눈물

○

내 인생의 행복 구간

헬렌켈러는 행복해지는 가장 간단한 방법을 이렇게 적었다.

"행복은 마법 같은 요행이 아니다. 행복은 삶의 이치를 받아들이는 사람에게는 늘 가까이에 있다. 만약 세상에 즐거움만 있다면, 우리는 결코 인내하는 법을 배울 수 없을 것이다."

나 역시 행복해지는 데는 헬렌켈러와 같은 생각이다. 행복한 삶은 고난이 없는 삶이 아니라 고난을 이겨 내는 삶이라고 생각하기 때문이다.

헬렌켈러는 청력과 시각을 잃고도 저술과 사회활동에 적극

적으로 참여한 인물이다. 낙관주의로 선행하고 살며 행복을 추구하던 그녀를 생각하면 그 누가 자신을 돌아보지 않을 수 있을까?

　나는 화가 참 많은 사람이었다. 왜 그랬을까 스스로 생각해 보니 성격이 급해서이다. 기다리는 것을 아주 질색으로 알고 살아왔고, 미리미리 계획을 짜고 준비해서 빈틈없이 해결해야 직성이 풀렸다. 닥쳐서 할 때는 미리 준비 못한 것이 드러나지 않게 하려고 신경을 곤두세웠다. 문제는 바로 거기서 발생했다. 미리 하면 하는 대로 힘이 들었고 닥쳐서 하려면 급한 만큼의 스트레스를 받은 것이다. 가끔은 못하기도 빠트리기도 해야 하는데 완벽하려고 노력하다 보니 성급한 성격 탓에 쉽게 화가 치밀어 올랐던 것이다.

　다행하게도 행복을 위하여 자기 수양의 원리를 깨우치라는 헬렌켈러의 말대로 그 부분은 조금 노력하고 살아왔다. 근무하던 33년 동안 일하는 외의 여가 시간에는 거의 배움에 참여한 것이 바로 그 노력이라고 볼 수 있다. 의무 참여한 몇 회를 빼고는 개인적으로 찾아다닌 연수였다. H대학에서 배웠던 한국화 기법 배우기 수업은 나를 상당히 행복하게 만들었다.

　한국화 국전 심사위원이던 K교수님이 우리를 가르치셨는데 집에서는 중·고등학교 학생을 손자로 둔 할머니였다. 나이 사십이 넘어 늦게 공부를 시작한 그분의 손은 세월을 거스르는 마법사의 손 같았다. 붓에 먹물을 찍고 벼루에 풀어서 한국화 물감을 조금 섞어 색을 만들고 그 색으로 꽃이며 나무와 벌, 나비를 그리면 신선이 사는 정원 하나가 화선지에 가득 찼다.

나는 K교수님의 마법 같은 붓질에 매료되어 연속 5년을 한국화 연수에 참여하였다. 해마다 여름과 겨울방학에 배웠는데 계속해서 그 수업을 듣고 있는 나를 보고 누군가 '집념이 대단하다'는 말을 해 주었다. 나 자신도 모르는 사이 '집념이 있는 사람'이 되어 가고 있었다. 좋아하는 걸 계속했더니 그런 칭찬을 듣게 된 것이다.

한국화 그리기는 자기 수양이 확실하게 되는 수준 높은 수업이었다. 강의보다는 주로 실기로 이루어졌는데 마음 치유와 정신 수양이 동시에 이루어지는 시간이었다. 그 당시 전국 도 단위 권역별로 미술대전이 열렸고 나는 30호 작품 두 점을 출품하였다. 그 그림들은 내 일생에서 건진 보석 같은 작품이 되었다.

무언가를 배우는 시간은 행복했다. 수업에 참여하러 가는 시간이 소풍 가듯 즐거웠으니 말하여 무엇 하겠는가. 수강생들이 가득한 교실에서 나는 K교수님의 말씀을 귀 기울여 듣는 성실한 학생이었다. 화판에 화선지를 붙이고 기본색을 입힌 뒤 말리는 작업인 배접하는 기술을 터득하기도 했다. 배접 기술이 있어야만 자가 연수로 그림을 그릴 수 있는 일이었다. 내가 배

접을 할 수 있게 된 다음 해부터 교수님의 노환이 폐강 사유가
되어 더 이상의 수업은 들을 수 없게 되었다.

그 대신 나는 집에 동료들을 불러 한국화 자가 연수회를 열
었다. 동료들에게 나의 기술을 전수하고 함께 그림을 그리게
되었다. 예술 행위를 함께한다는 것은 참 기쁘고 보람 있는 일
이었다. 인생을 연대기처럼 띠로 놓고 볼 때 한국화를 배우던
기간이 유별난 행복 구간이었음을 알 수 있다. 그 부분은 유난
히 반짝이고 있다.

사막에서 온 눈물

○

나의 혼(魂), 창(創), 통(通)

『혼(魂), 창(創), 통(通)』이라는 책은 내가 요즘 재미있게 읽은 기업도서이다. 기업도서라고 꼭 기업인이 읽어야 한다는 법은 없다. 일반인이 읽기에 재미없을 것이라고 생각하는 것은 섣부른 편견에 불과하다. 도서관에서 정리 기준을 고려해 편의에 따라 분류했을 뿐이다. 문학을 하는 시인이 읽어도 무방했다. 책은 크게 세 편으로 나뉘어 있었다. 혼과 창, 그리고 통 부분이었다.

「혼」편은 살아야 하는 이유를 아는 사람은 어떤 어려움도 견뎌 낼 수 있다고 시작했고, 「창」편은 누구도 해낸 적이 없는 성취란 누구도 시도한 적 없는 방법을 통해서만 가능하다는 내용으로 전개되었으며, 「통」 편은 아픈 것은 통하지 않기 때문이요, 아프지 않은 것은 잘 통하기 때문이라고 마무리되는 책이다.

이 책을 읽고 나도 병이 나기 전과 후 그리고 현재에 대해 깊이 생각하게 되었다. 나의 혼(魂)은 무엇을 추구했던가. 지나고 보니 문학을 추구했다. 지금도 글을 읽고 글을 쓰고 도서관에 앉아 있을 때가 나의 혼이 가장 맑게 깨어 있을 때다. 그러니 내가 사는 기쁨과 이유가 바로 문학인 셈이다. 그러니 혼이 시들지 않도록 노력해야 한다는 걸 느끼게 된다.

나의 창(創)은 무엇인가. 나는 무엇을 생산해 냈는가를 생각해 보니 그리 잘한 것도 없다. 볼품없는 시집 몇 권과 동화 그리고 지금 써 내려가는 산문집이다. 독자도 많지 않고 어디에 자랑할 수도 없다. 하지만 이번 작품은 다음 작품을 더 잘 쓰기 위한 밑거름이 되는 작품이다. 만족해서는 안 되는 이유가 바로 여기에 있다.

나는 어디로 통(通)하고 있는가, 나는 지금 어느 단계에 있는가. 스스로 반성을 안 할 수가 없다. 그렇다. 더 많은 책을 읽고 더 오래도록 글 스승을 만나 좋은 말씀들을 들어야 하고 그 품성과 인격을 본받아야 한다.

나는 책 읽기를 좋아한다. 아버지가 사 주신 책들 덕분에 책 읽는 습관이 몸에 배어서다. 어려서부터 읽은 현대대백과사

전과 금성출판사 위인전기 시리즈의 영향으로 도서관이나 서점, 문고가 있는 곳이면 길을 지나가다가도 들어가 보는 좋은 습관을 가지고 있다. 사는 곳 근처에 도서관이 있어 자주 도서관을 찾는다. 책을 읽지 않고는 글을 쓰기가 쉽지 않다. 나의 소견이 바른지 아닌지는 책을 통해서 알게 되기 때문이다. 혼(魂)을 책에 맞추고 좋은 글을 창(創) 하도록 노력할 때 비로소 자아의 진정한 내면에 통(通)하게 됨을 알게 되었다.

한번은 사서 일을 하고 있는 지인의 도서관을 방문한 적이 있다. 지인은 경기도 먼 거리까지 내가 찾아오리라고는 예상치 못했는지 적잖이 놀란 표정을 지어 보였다. 나는 그 도서관에서 꼬박 반나절에 걸려 한자리에 못 박혀 한 권의 책을 읽기 시작했다. 유명작가의 수필집이었는데 언어연금술사가 지어내는 어휘력에 푹 빠져들었다. 도서관이 끝날 시간인데 반절 남은 책을 두고 오기가 아까워 그 책을 대출받았다. 며칠을 그 책을 반복해서 읽고 또 읽었다. 맛있는 초콜릿을 아껴 먹는 어린아이의 심정으로 조금씩 읽었다. 책의 맛이 얼마나 달고 고소했는지 모른다. 그 도서관에서 책을 대출받은 것은 잘한 일이었다. 그 바람에 혼이 조금 열릴 수 있었다.

어느 문고에 들른 적이 있다. 책을 쇼핑하러 간 것이다. 약속 시간을 기다리기에는 서점처럼 좋은 곳이 없다. 지루할 틈이 없기 때문이다. 지갑은 한정되어 있는데 사고 싶은 물건이 수두

룩한 백화점 나들이처럼 문고에 들러 보면 약속 시간은 다 되어 가는데 읽어야 할 책이 자꾸 눈에 띄게 되고 상대방이 제발 길이 막혀 시간에 늦게 도착했으면 좋겠다고 생각한다.

책을 읽는 일에 혼이 나갈 정도가 된다. 창작욕이 불타오르기도 하고 세상의 아름다운 것들에 시선이 통하게 됨을 깨닫는다. 혼(魂), 창(創), 통(通)의 자연스런 흐름 현상이 일어나게 된다.

○

내 마음의 둥근 자국

인생은 자전거 타기와 같다고 곧잘 비유되곤 하는데 그 이유는 균형을 유지하려면 둥근 바퀴를 계속 움직여야 하기 때문일 것이다. 자전거를 즐겨 타지 않는 사람들은 왜 그렇게 힘든 운동을 하느냐고 묻곤 한다. 하지만 그렇게 묻는 사람조차도 자전거 타는 단순한 즐거움에 재미를 들이면 그 재미에서 헤어나기 힘들 것이다.

'신은 인간이 힘든 인생길에서 수고와 기쁨을 함께 나눌 수 있는 도구로 자전거를 만들었다.'고 아인슈타인도 자전거를 예찬하였다. 자전거 타기를 경주로 알면 힘들어진다. 여정으로 여겨야 좋다고 말해 두고 싶다. 목적지에 닿아야 행복해지는 것이 아니라 여정의 과정에서 행복을 느끼는 일이 중요하니 여정을 즐기라고 권하고 싶다.

나도 자전거를 무척이나 좋아했다. 어려서 사랑채 근처에 세워진 행랑아범의 짐을 싣는, 큰 받침대가 달린 짐 싣는 자전거에 올라가 곧잘 놀곤 했다. 자전거가 무거워서 어린아이들은 타기가 힘든 육중한 자전거였으므로 넘어지면 다칠 수도 있는 위험한 일이었다. 그런데도 자전거가 혼자 일 없이 받쳐져 있으면 거기에 올라가 공회전으로 페달 구르는 연습을 했다. 자전거를 타고 페달을 돌리며 상상을 하곤 했다. 냇가도 달리고 논둑길도 달리는. 그러면 마음 가득 둥근 무늬가 생겨났다. 그래서인지 자전거를 빨리 배울 수 있었다. 지금의 자전거 실력은 어려서의 경험에서 나온 것이 틀림없다.

중학교에 들어가 보니 전체 학생의 절반 이상이 자전거로 통학을 하는 풍토였다. 그 바람을 타고 자연스레 나도 자전거 통학을 했다. 전교생이 이천 명이니 자전거는 천 대가 넘었다. 그 많은 자전거를 둘 주차장을 마련하느라 학교도 힘들었을 것이다. 운동장 한편에 줄지어 서 있는 자전거 중에 자신의 자전거를 찾는 일이 퍽 어려운 일이었을 텐데 한 번도 잃어버린 적이 없었던 걸 보면 나름의 질서와 규칙이 잘 지켜지고 있었던 시절이었다.

서울로 이사한 후 나는 종종 강변에서 자전거를 탄다. 집에서 나와 십여 분을 가면 한강이 나온다. 나는 강변에서 자전거 타기를 즐기려고 강 가까이 이사를 할 정도로 자전거에 대한 열정을 가지고 살았다. 기름 없이 간다는 사실이 자전거가 가진 가장 큰 매력이다. 아무리 먼 길을 갈지라도 자전거는 배고프다고 칭얼거리는 법이 없는 것을 보면 외모만큼 그 마음이 얼마나 둥근지 알 수 있다.

내가 자전거를 배워 가족을 위해 한 일 중 하나가 바로 동생을 자전거 뒤에 태워다 학교에 데려다준 일이었는데 결과는 엉뚱하게도 실패였다.

한창 자전거에 자신이 있을 중학교 마지막 학년의 개교기념일이었다. 막내 남동생은 나와 여덟 살 차가 있어 그때 고작 초등학교 1학년이었다. 누나가 쉬는 날이니까 태워다 준다며 동생을 자전거 뒤에 태웠다. 봄바람이 삽상하게 부는 날 동생을 자전거에 태워 학교로 데려다준다는 일이 얼마나 낭만적이라고 생각되던지. 나는 콧노래를 부르며 출발했다.

큰 도로를 어느 구간 달리다가 논길을 지나야 동생이 다니는 학교가 있었으므로 좁은 길로 들어섰다. 그런데 아뿔싸, 학교가 얼마 남지 않은 지점에서 모내기를 위한 물꼬트기로 논길이 끊어진 것을 발견하지 못한 자전거는 속수무책 전복되고 말았다. 스스로 잘 걸어 다니는 동생을 굳이 태워다 준다는 친절이 그만 사고를 내고 만 것이었다.

동생은 흙탕물 속에 빠져 흠뻑 젖고 말았다. 그런 동생을 학교에 보낼 수는 없었다. 그래서 가까운 냇가에 데리고 가서 동생의 옷을 벗겨 빨아서 흙물을 빼고 넓은 돌 위에 널었다. 옷이 다 마를 때까지 우리는 큰 죄를 지은 공범이 되어 바위 옆에 쪼그리고 앉아 빨래가 마르기를 기다렸고, 학교가 다 끝난 점심때가 조금 지나서야 덜 마른 옷을 갈아입은 동생을 자전거에 태우고 집으로 돌아왔다. 소중한 학교생활 하루를 누나가 망쳐놓은 거였는데 동생은 울지도 않았다.

집에 돌아와 아무도 묻지 않았는데 학교에 잘 다녀온 척 꾸며 댔다. 하지만 가족들은 다 알고 있었다. 학교에서 연락이 왔던 거였다. 그러나 가족들 그 누구도 잘못을 따지지도 이유를 묻지도 않았다. 누나가 동생을 데리고 시간을 잘 보냈을 것이라 믿는 것이 확실했다.

두 번째로 내가 가족을 위해 자전거 페달을 힘차게 밟은 적이 있는데, 그것은 바로 할아버지의 진통제 약을 사러 한밤중에 읍내로 나갔다 오는 심부름이었다. 그때는 자전거를 배운 지 얼마 되지 않은 초등학교 시절이었다. 발이 잘 닿지 않아 페달을 밟는 쪽으로 궁둥이가 씰룩씰룩하고 내려가곤 했다.

할아버지는 중풍을 맞으셨다. 오늘날의 뇌출혈이라는 병이었는데 병원에 입원하던 시절이 아니라 가족들은 민간요법에 의지한 가료를 하며 병의 차도를 구완하였다. 환자 외에 가족들의 수고가 따라야 하는 상황이었다. 조막손이라도 보태야 하는 형편이다 보니 나의 수고로 밤길에 약을 사 와야 하는 심부름을 명받았다. 통증을 호소하며 고함을 지르는 할아버지를 위해 나는 십 리 길을 과속 주행해야만 했다. 얼마나 빨리 비벼 댔는지 모른다.

가는 길은 약 이름을 외우며 가느라 정신을 집중했지만 집에 거의 다 돌아와서가 문제였다. 논둑길에서 보니 집 쪽에서 비추어 오는 호롱 불빛이 보였다. 나는 그 불빛을 보고는 긴장이 풀어졌던지 헛발질을 하며 꽤 경사진 논두렁 아래로 굴러떨어졌다. 자전거와 뒤엉켜 한참을 미끄러져 내려갔다. 어떻게 약봉지를 다시 찾아 들고 자전거를 일으켜 언덕에 올라서 집에 돌아왔는지 모른다.

진통제를 드신 할아버지는 편히 주무셨고 집 안은 태풍이 지나간 듯 고요해졌다. 식구들은 약 사 오느라 고생한 내게 무슨 일이 있었는지는 관심이 없었다. 오로지 집안의 최고 어른인 환자가 편히 잠든 것을 보고 안도하며 가슴을 쓸어내렸다. 나 역시도 많은 것을 바라지 않았다. 앞바퀴가 휘어진 자전거를 등굣길에 수리해야겠다는 생각을 했을 뿐이었다.

나는 그제야 까진 무릎에 빨간 약을 찾아 발랐다. 약은 무릎 위에 자전거 바퀴처럼 동그라미 자국을 남겨 두었다.

○

나무가 준 선물

어느 시인이 말년에 나무가 집을 뒤덮은 아름다운 정원이 있는 집에서 살다가 죽었다는 이야기를 읽고, 나도 늙으면 저렇게 나무가 크고 아름다운 집에서 살다가 소멸하면 얼마나 좋을까 하고 생각했던 적이 있다. 그런데 확률적으로 따져 볼 때 그러기가 쉽지 않다.

땅 한 뼘이 없는 현실에서 그렇게 큰 나무를 옮겨심기도 쉽지 않을뿐더러 마당이 딸린 집이 있다 하더라도 그런 집을 꾸미기에는 남아 있는 시간적·경제적 여건도 어려워 그 소망을 이루기는 불가능해졌다. 설령 꾸며져 있는 집을 산다고 해도 그 집은 옛 주인의 방식대로일 터이고 더구나 현대식 아파트에 사는 일이 익숙해진 나로서는 더욱 먼 희망 사항일 뿐이다.

나무를 가까이하고 싶은데 내 주변의 나무라고는 겨우 집 안의 가구로 쓰는 것 외에는 가까이하는 것이 없다. 우리나라의 70%가 산이고 그 산에는 나무들이 잘 자라고 있으니 나무를 실컷 보고 싶으면 산에 가는 것밖에는 다른 수가 없는 형편이 된 것이다. 그래서 가까운 산에 가서 내 나무를 정하고 대화를 나누면 좋을 것이라는 생각이 들어 산을 찾기로 결심했다.

산에 가서 나무를 만나고 나는 다른 사람으로 변하기 시작했다. 그 변화는 나만이 알 수 있는 일인데, 이를테면 나무는 나에게 신(神)이 돼 주었고 나무가 사는 숲은 신전이 돼 주었다. 그곳에서는 예배도 가능하고 감사나 회개도 맘껏 할 수 있는 것이었다. 나무는 참 의연하다. 바람이 불면 나부끼고 비가 오면 젖고 눈이 내리면 눈을 온몸에 이고 있다. 싫다고 도망가지 않으며 누구에게도 해를 끼치지 않고 생명을 품는 법을 잘 알고 있다. 점잖기가 이루 말할 수가 없다. 나이가 들수록 나무는 제 속을 비워 낸다. 작은 산짐승과 곤충들이 쉬어 가게 하는 것을 보면 알 수 있다.

그리고 나무는 사람들에게는 쓰임에 맞는 집과 가구를 제공하니 베어져서도 허투루 쓰이지 않는 것을 볼 수 있다. 그뿐인가. 혹독한 겨울의 추위와 시련을 견디고 나서 봄이 되면 아름답고 향기로운 꽃을 피워 이 세상을 밝히는 나무야말로 그

성품이 얼마나 고매하고 높은지 말이나 글로 표현하기가 부족하다. 열매를 내어 주고 인간을 이롭게 하는 것은 나무가 주는 가장 큰 선물이다.

내가 어려서 집 안에 대추나무가 한 그루 있었다. 나이가 꽤나 들어서 키가 컸다. 언제부터 그 자리에 있었는지 식구들조차 잘 알지 못했다. 봄이면 늙은 대추나무에서 연둣빛 이파리가 돋아났다. 그리고 자세히 보지 않으면 잘 뵈지 않는 작은 대추꽃이 피었다 지면 작디작은 대추 열매가 조심스럽게 달려 여름의 태풍과 장마를 견디며 자라 갔다. 그리고 가을이면 빨갛게 익어 겨울에는 제사상에 홍동백서 차림법에 따라 동쪽 끝에 자리 잡곤 했다.

나무는 영어 알파벳 Y자로 자랐는데 아버지는 그 벌어진 틈에 작대기를 얹고 반대편에는 기둥을 세워 철봉을 만들어 주셨다. 놀기보다는 운동을 하라는 뜻이었는데 나는 놀이에 집중한 나머지 혼자 노는 법을 터득했다. 즉, 철봉에 두 다리를 걸고 거꾸로 매달려 세상을 구경하는 놀이이다. 하늘의 뭉게구름이 빨랫줄에 걸려 있고 장독대며 마당이 전부 거꾸로 보이는데, 신기하게도 장독에 들어 있는 간장도 엎질러지지 않았고 마당을 걸어오는 할머니도 넘어지지 않았다. 빨랫줄에 걸린 빨래가 바람결에 나부끼는 걸 보기라도 하면 꼭 도깨비라도 만난 것처럼 나는 웃음이 터져 나왔다. 철봉에 거꾸로 매달려 웃으며 지낸 나의 어린 시절은 동화같이 아름다웠다.

우리 집 대추나무는 가시가 많고 뾰족했다. 한번은 작은어머니가 사촌동생의 곪은 손가락을 치료하겠다며 나를 보고 대추나무 가시를 하나 분질러 오라고 심부름을 시켰다. 바늘은 쇳독이 있어도 대추나무 가시는 그럴 일이 없다는 것이었다. 나는 대추나무가 주는 이로움을 또 하나 배우며 심부름을 했다.

우리 집 대추는 맛있기로 유명했다. 어머니는 대추와 팥을 넣어 찹쌀밥을 지어 손님을 대접하시곤 했다. 나는 씨를 발라 먹는 그 대추 밥이 마땅치 않았는데 손님들의 칭찬에 우리 집에선 큰 일이 있을 때면 대추 밥이 꼭 상에 오르곤 했다. 알 수 없는 일은 그 마땅찮게 여기던 대추 밥 짓는 일을 지금은 내가 따라 한다는 사실이다.

나무가 '십년지대계'라는 말이 있지만 그것은 아주 급한 사람이 따지는 계산법이다. 느긋하게 생각해 볼 필요가 있는 나무에 대한 이야기가 하나 있다. 나무를 심는 노인이 있었다. 지나가는 나그네가 왜 그리 열심히 나무를 심느냐고 그 나무의 열매는 언제 먹을 수 있느냐고 물었다. 그러자 노인은 30년이나 지나야 열매를 먹을 수 있다고 답했다. 그럼 그때까지 살아서 그 열매를 먹을 수 있느냐고 나그네가 물었고, 노인은 아니라고 대답했다. 그 열매를 먹지도 못할 거면서 왜 나무를 심느냐고 나그네가 다시 물었고, 노인은 자기의 아들과 손자들이 먹을 수 있다고 말하면서 자신의 아버지와 할아버지가 한 일을 똑같이 따라 할 뿐이라고 대답했다.

나무에서 열매를 얻는 기간은 나무마다 다르지만, 한 사람이 다음 세대에게 무언가를 넘겨주는 시간의 법칙인 30년이 족히 걸린다는 뜻이다.

나는 지금 마음속에 어떤 나무를 심고 있는가.

○

과거 보러 가는 길

어느 맑은 가을날 아침이었다. 나는 운전을 하며 돈암서원 앞 대로변을 지나고 있었고 길 위에 플래카드가 걸려 있는 걸 보았다. 시월 넷째 주 토요일에 돈암서원에서 과거 시험제도인 '향시'가 열린다는 것이었다. 나는 고향 동네에서 열리는 행사에 당시 중학생인 아들을 참가시키고 싶었다.

돈암서원은 사계 김장생 선생의 업적을 기리고자 조선 시대 후기에 창건된 서원이다. 내가 태어나기 이백여 년 전의 일이다. 나는 김장생 선생과 같은 본관인 광산 김씨로 어려서부터 그 동네에서 나고 자란 것에 대하여 나름대로 자부심이 있었다.

사진 찍기를 좋아했던 나는 여고 시절이던 1980년도에 다섯 명의 친구들과 멋진 장소를 찾아 놀러 다니곤 하였다. 주로 자신의 동네에 있는 멋진 하천이나 산을 소개하곤 했는데, 나는 친구들에게 돈암서원이라는 문화재를 보란 듯이 소개했다.

오늘날 세계문화유산으로 지정될 것을 미리 알았더라면 친구들은 그곳에서 인생 사진을 찍겠다고 아우성을 쳤을 터인데 40년 후에 일어날 일을 상상하지 못한 우리는 그다지 큰 감흥을 느끼지 못했다. 배롱나무꽃이 파란 하늘을 향해 붉은 손바닥을 펴고 만세를 외치는 듯 피어오른 응도당 흰 담벼락 앞에서 여고생 특유의 포즈인 '한 줄로 허리에 손 얹고 사진 찍기' 정도를 즐겼던 기억이 난다.

그런데 그곳에서 향시가 열린다는 광고를 보고 나는 추억과 함께 약간의 흥분과 긴장을 동시에 느꼈다. 예학의 대가였던 김장생 선생의 먼 후손으로서 느끼는 감정인지도 모를 일이었다. 그러니까 아들이 향시에 참가해서 모계 혈통에 흐르는 예학의 중요성, 혹은 그 학문의 격을 아주 조금이라도 체험해 볼 수 있다면 얼마나 좋을까 하는 생각을 했다.

그래서 향시를 보려면 중학생은 어떤 공부를 해야 하는지를 알아보았다. 『격몽요결』에서 문제가 나온다는 정보를 얻었다. 나는 단번에 서점에 달려가서 그 책을 사 와서는 아들에게 읽기를 강요했다. 아들은 고리타분한 향시는 무엇이고 이제 와

흥미도 없는 고서를 읽어야만 하는 이유가 무엇인지를 따지며 문을 '쾅!' 닫고 제 방으로 들어가 버렸다.

드디어 향시가 열리는 날이 되었다. 나는 아들을 태우고 행사장으로 향했다. 길가에 억새가 하얗게 피어 우리를 향해 손을 흔들고 있었다. 일반인들이 어렵게 생각하여 쉽게 다가가지 못할 것을 우려한 행사 측의 배려로 양성당 앞에 사행시 짓기 코너를 마련해 두고 있었다. 나는 생각지도 못한 행사의 일환인 사행시 짓기에 흥미를 느끼며 즐겁게 참여했다. 이곳저곳을 둘러보니 전통 놀이 체험 부스들도 눈에 띄었다. 이 역시 함께 온 가족들이 지루할까 염려하여 시간을 즐겁게 보내라는 주최 측의 배려로 보였다.

곧 향시가 시작되었다. 학생부와 성인부의 자리는 분리되어 있었다. 옥색 도포로 갈아입고 줄을 맞추어 앉은 아들을 보니 과거 시험을 치르러 한양으로 아들을 보낸 어머니라도 된 듯이 뿌듯해졌다. 나 역시 같은 옷을 입고 망건을 머리에 쓴 후 돗자리가 깔린 시험장 마당에 앉았다.

들뜬 기분도 잠시, 시험지를 받은 나는 문제를 보고 아연실색해졌다. 내가 풀 수 있는 문제가 아니었다. 한학을 공부한 사람만이 풀 수 있는 어려운 문제였다. 차라리 상식이나 문학이라면 풀 가능성이라도 있었을 텐데…. '하얀 것은 종이요, 검은 것은 글씨라.'는 말이 딱 맞을 뿐이었다. 어찌할 바를 모르고 답답한 마음만 피어올랐다. 한참을 망설이다가 답을 써야 하는 난에 중학생 아들을 둔 학부모의 입장으로 시험장에 참석한 소감을 솔직하게 써 내려가기로 마음먹었다. 그거라도 쓰지 않으면 정답도 못 쓴 빈 시험지를 제출하고 일찍 나와야 했는데 그럴 용기는 더욱 없었다.

시험을 끝내고 나온 아들도 문제가 어려웠는지 풀 죽은 모습이었다. 우리는 패잔병의 모습으로 차에 올랐다. 집으로 돌아오는 길의 가을 햇살은 유난히 투명했고 길가에 핀 억새는 하얀 얼굴로 해사하게 인사했지만 까닭 모를 애상감이 우리 뒤를 따라오고 있었다.

오후 네 시 즈음이었다. 돈암 서원 향시 주최 측이라며 전화가 걸려왔다. 사행시 짓기에서 장원에 당선이 되었으니 상품을 수령하라는 내용이었다. 나는 집이 멀어 참석할 수 없으니 다른 사람이 대신 받아 달라고 부탁했다. 향시의 한자 문제를 풀어서 우수한 성적을 냈더라면 택시라도 잡아타고 가겠지만, 사행시 짓기에서의 장원 소식은 달갑지가 않았다.

아들은 시험지를 받고 어떤 생각이 들었을까. 아들 역시 당혹스럽기는 나와 마찬가지였으리라. 책을 읽고도 풀기 힘든 문제를 책의 내용도 모르고 받아 든 시험지에 자신이 얼마나 미약한 존재인지를 조금이나마 깨닫게 되었을 것이다. 과연 그랬을까. 나는 그 일이 아들에게 자존감을 하락시키는 일이 아닌 또 다른 목표에 도전하는 하나의 기회가 되기를 바랄 뿐이었다.

그날 저녁 늦게 그 지역 문화원장이라며 전화가 걸려왔다. 심사위원으로 읽은 학부모 참가 소감문이 인상적이었고, 또 그 뜻이 고마워서 전화를 걸었다는 내용이었다. 나는 씁쓸한 미소를 지었다.

조선 시대 세종대왕이 뽑은 인재의 조건은 실천 능력이었다고 한다. 문헌에 따르면 '고전을 완전히 이해한다는 것은 단지 글귀를 이모저모로 해석하는 능력만을 뜻하지 않는다. 진정으로 삶에 도움이 되는 공부란 마음에 새기는 공부, 즉 심상 공부인데, 배운 지식을 꼭 실천하리라는 각오가 매우 중요하다.'고 세종대왕이 말했다니 얼마나 지당한가. '이 각오를 바탕으로 먼저 자기 자신에게 실천해 보고 나아가 일터에 나가서 적용하는 공부여야 한다.'고 주장했다니, 역시 세종 치세에 훌륭한 인재가 많이 나왔음은 우연하게 된 일이 아님을 알 수 있다.

하지만 오늘날 우리의 현실은 그렇지 않은 모양새가 너무 많음을 알 수 있다. 일터에 나가서도 배우고 묻는 학습의 자세가 안 되어 있는 경우가 부지기수다. "지금 사람들은 과거에 급제한 뒤에는 배우고(學) 묻는(問) 데 뜻을 두지 않는다!"고 한탄하며 세종대왕이 호통 치는 소리가 들리는 것 같다.

나는 그해 가을의 경험으로 아들이 이 사회가 얼마나 호락호락하지 않은지, 준비하지 않고는 이룰 수 있는 일이 얼마나 어려운지 몸소 배웠기를 바라고 또 바랐다.

올해도 어김없이 가을이 찾아왔다. 돈암서원 가는 길에는 하얀 억새가 피어 있을 것이다. 과거 시험제도가 오래도록 이어져서 아들과 또 그의 후손이 대를 이어 과거를 보러 가고 심상 공부를 하는 기회를 가졌으면 좋겠다는 생각을 해 본다.

사막에서 온 눈물

○

히말라야 설산 아래 앓아눕다

네팔 히말라야 설산 아래 '쉬라쉐라드'라는 산골학교로 교육 봉사활동을 갔을 때의 일이다. 우리 일행을 돕는 네팔인 셰르파들이 한국 요리를 배워 식사를 제공했는데, 어느 저녁메뉴 중 하나는 하얀 콜리플라워 튀김이었다. 낮에 수업 봉사로 긴장했던 피로감을 풀어내기 위해 일행과 찬 음료를 한 잔씩 마셨는데, 튀김과 찬 음료의 조합이 탈이었다.

그날 밤 나는 침낭 속에 들어가는 것을 귀찮게 여기고 그냥 이불처럼 덮고 잤다. 공교롭게도 부드러운 소재의 침낭은 미끄러져 내렸고 내게는 기름진 음식과 차가운 잠자리 두 가지 부조화가 만들어 낸 병이 찾아오고 말았다. 복통과 설사, 어지러움을 동반한 토사곽란이 온 것이다.

다음 날 아침 나는 교육 봉사활동에 참여할 수가 없었다. 그래서 시간표를 바꾸고 숙소에서 쉬어야만 했다. 침낭에 뜨거운 물병을 넣고 들어가 몸을 회복시키는 일로 하루를 보냈다. 설산 아래 병원도 없으니 구급약을 먹고 스스로 진정시키며 자가 치료할 수밖에 다른 도리가 없었다. 앓아누워 있는 숙소의 창밖으로 아름다운 설산의 비경이 보였다. 누가 들으면 팔천 미터 고산 봉우리를 오르는 등반가의 일인 줄 알겠지만, 어이없게도 나는 해발 사천 미터 산동네 숙소에서 오한과 발열에 몸을 떨며 하루를 꼬박 자숙해야 했던 것이다.

그렇게도 오고 싶었던 세상의 지붕인 히말라야 산 아래에 찾아들었지만 산이 다 받아 주지는 않는다는 것을 깨닫는 시간이었다. 산이 밀어내는 작은 손짓에 나는 아무런 항변을 못한 채로 몸살을 앓고 있었다. 내 잘못이 무엇인지 천천히 생각해 보아야 할 차례였다. 물고기 꼬리 모양을 닮은 마차포레 봉우리를 숙소의 창문을 통해 하염없이 바라보며 어서 몸이 낫기를 바라고 또 바랐다.

인디언 속담 중에 '달려가다가 잠시 쉬었다 가라, 그대 영혼이 따라올 수 있도록.'이라는 말이 있다. 그날 나는 너무 빨리 달리느라 따라오지 못하는 나의 영혼을 기다려야 했다. 내 영혼이 따라오도록 잠시 기다려 준 결과, 다행하게도 차도가 있었다. 영혼의 휴식 덕분에 나는 다시 원기를 회복하고 살아났다. 함께 온 동료가 준 정장 작용을 하는 지사제도 한몫 거들어서 일찍 자리를 털고 일어날 수 있었다.

그동안 나 자신의 영혼을 돌보는 일에 너무 인색했던 것이 사실이었다. 빨리 가는 것에만 정신이 쏠려 앞만 보고 급하게 달리느라 뒤를 돌아보지 않는 습관이 몸에 밴 탓이었다. 급한 성격과 주변 환경을 핑계 대기에는 나의 몸을 보살피지 못한 변명이 너무 궁색했다. 마음의 안정이 부족했고 주변을 돌아보는 내면의 힘이 부족했음을 시인하지 않을 수 없었다.

그런데 이제 자녀 세대들이 걱정이다. 너무 빨리 가려고만 하지, 쉬었다 가는 중요성을 깨닫지 못하여 안타깝다. 느긋한 성격을 물려주지 못했음이 내 잘못인 것만 같아서 염려스럽다.

제발이지 쉬엄쉬엄 자신의 영혼을 돌보며 지혜롭게 살아가는 차세대가 되기를 기도한다.

옥수수를 파는 케냐의 부자(父子)

아프리카 동부의 케냐라는 나라, 그 수도 나이로비 근처 기토슈아 학교로 교육 봉사활동을 갔을 때의 일이다. 원조의 나라 선진국 코리아에서 온 봉사단은 케냐 국민들에게는 고마운 구세주였다.

우리는 학생들의 학용품과 간단한 일상용품 지원을 철저히 준비했고, 한국 문화에 대한 수업 지도안을 미리 구상하고 협의 후 작성하여 수업을 했다. 또 환경 정화와 교실 페인트칠하기 작업을 능수능란하게 해냈다. 케냐 당국으로서는 그런 원조가 반갑고 고마워 지속적인 지원이 이어지기를 바라는 눈치였다. 주중에 열심히 일한 우리 봉사 단원에게 꿀 같은 주말이 기다리고 있었다. 암보셀리 국립공원을 비롯한 아프리카의 자연 경관이나 문화를 둘러보는 시간과 기회가 주어졌다.

체험을 마치고 숙소로 돌아오던 주말의 저녁 시간이었다. 자동차 검문이 있었고 우리 일행을 태운 지프차 세 대가 나란히 파라솔이 펼쳐져 있는 길가에 서게 되었다. 검문이 끝나고 우리는 길거리 음식을 사 먹기로 했다. 파라솔 안에는 아들쯤으로 보이는 젊은이가 숯불을 피우고 옥수수를 굽고 있었고, 아버지쯤으로 보이는 등 굽은 노인은 길가에 나와 옥수수를 팔고 있었다.

우리 일행은 봉사 후에 만나는 새로운 풍경과 풍습에 호기심이 발동해 있었다. 모두가 아프리카 노변에서 파는 옥수수 맛을 꼭 보아야 한다고 왁자지껄 소리를 내며 파라솔 쪽으로 일시에 다가갔다. 갑자기 들이닥친 많은 수의 손님에 놀란 건 아들보다 아버지였다. 매운 연기에 눈물을 흘려 가며 옥수수를 구워야 할 아들을 걱정하는 아버지의 표정이 역력하게 드러나는 얼굴로 손님을 맞고 있었는데, 나는 지금도 그 표정을 잊을 수가 없다.

그렇다. 부모는 다 그렇다. 자식이 고생스러울까 늘 가슴을 졸인다. 둘 중에 늘 가슴을 졸이고 걱정하는 쪽은 부모 쪽이다. 부모를 위해 가슴 졸이는 자식보다는 자식을 걱정하는 부모가 먼저 있다. 자식이 먼저 죽으면 그 자식을 '땅에 묻는다.'라고 하지 않고 '가슴에 묻는다.'고 하지 않던가. 늘 부모가 약자이다. 속상해하고 기뻐하고 울고 웃는 것은 부모 쪽이다. 아마 신께서 그렇게 하라고 정해 둔 섭리인지도 모른다.

식물도 자신의 몸통이 썩기 직전 아기 자구 같은 새 순을 만들어 종족을 번식하고 동물도 새끼를 낳으면 행여 잘못될까 천적으로부터 보호하느라 촉각을 세운다. 사람인들 오죽하겠는가. 부모 마음을 이해하려면 '꼭 너 같은 자식을 낳아 길러 봐라.'고 하지 않던가. 매운 연기에 눈물을 빼며 옥수수를 구울 아들이 안쓰럽고 가여워 손님들이 옥수수를 많이 주문하지 않기를 바라는 편이 그날 케냐 로변에서 만났던 옥수수를 팔던 아버지 아니었던가.

딸 내외가 아이를 가지겠다고 한다. 인구 절벽의 위기 상황이 찾아온 우리나라를 생각할 때 여간 기쁜 일이 아니다. 생업에 종사하며 임산부로서 힘들었던 열 달을 보낸 어미로서 직장에 다니는 딸에게도 별 어려움 없이 아기 탄생의 축복이 있기를 빌어 본다.

케냐에서 외친 '하쿠나마타타'

아프리카 동북부에 위치한 나라 케냐로 교육 봉사활동을
나간 우리 일행이 노래를 하거나 구호를 외칠 때는 '하쿠나마
타타!'를 외쳤다. 커피나무가 잘 자라서인지 커피를 즐겨 마시
고 부지런한 국민성을 가진 케냐 사람들로서는 우리 일행이 외
치는 구호에 웃음이 났을 테지만, 우리 일행은 봉사 기간 동안
자기 최면 같은 구호를 계속 외치고 다녔다.

인사말이라도 되는 듯이 하고 다녔다. 말을 계속하면 그렇
게 된다더니 우리의 봉사 일정은 성공적으로 끝났다. 우리는
돌아와서도 '하쿠나마타타!'를 잊지 않았다. 어떤 단원은 자신
의 휴대전화 프로필 네임을 '하쿠나마타타!'로 바꾸기도 하였

다. 문제없다는 뜻의 '하쿠나마타타!'란 말을 자신의 프로필 이름으로 적어 뒀으니 모든 일에 용기백배하여 도전하고 인생을 바라보는 시각을 넓게 확장했으리라 믿는다.

그곳에 갈 때 지역방송국인 K방송국에서 다큐멘터리를 제작하려고 우리 팀과 함께 길을 떠나게 되었다. 방송국의 카메라맨과 프로듀서가 동행해서 사실 우리 일행 모두는 겉으로 표현은 못하고 있었지만 불편함을 느끼고 있었다.

방송이라는 것이 시청자들이 재미있게 보도록 만들어야만 하는 것은 정해진 원리였다. 그런 방송을 만든다는 것이 어디 쉽겠는가? 피디는 피디대로 성공적인 프로그램 작품을 만들기 위해 고군분투했고, 카메라맨은 그 나름대로 무거운 카메라를 메고 중요한 장면을 놓치지 않으려고 땀을 뻘뻘 흘리고 뛰어다녔다.

우리의 순수한 봉사 정신이 방송에 맞추다 보면 변질된다고 우리 팀원 중에 하나인 M단원이 반기를 들었다. "순수한 봉사의 마음으로 아프리카 케냐까지 온 우리보고 당신들의 방송에 맞추어 쇼를 하란 말이오?"라며 대놓고 따졌다.

우리 팀 M단원의 목소리는 분명했다. 맞는 말이었다. 교실에 칠할 페인트를 이미 나이로비 시장에서 구입해 놓은 후였는데, 방송국 측에서는 버스에 오르는 설정을 만들어 놓고 페인트 사러 가는 장면부터 드라마틱하게 다시 찍자며 밀고 나왔기 때문이었다. 하지만 그에 반기를 든 M단원이 워낙 강경하니 전혀 예상치 못한 K방송국 측도 적잖이 당황하는 눈치였다. 그 이후로 우리 팀과 방송국 팀의 균열이 왔다.

그런 문제가 발생하리란 예측은 아무도 못했다. 시간은 정해져 있고 서로가 마쳐야 할 목표가 분명히 있었기 때문에 언제까지 감정 대치 상태로만 지낼 수는 없었다. 충분한 설명과 양보가 필요했다. 그런데 한쪽에서 너무 자신들의 입장을 내세우다 보니 이렇게 난관이 온 것이었다. 이때 필요한 말이 바로 '하쿠나마타타!'였다. 스와힐리어로 '하쿠나마타타'는 '문제없다, 다 잘될 거야.'라는 뜻이다.

우리 단원들 중 누군가 양쪽이 화해하도록 '하쿠나마타타!'를 외쳤다. 잠시 적막이 흘렀다. 1초, 2초, 3초. 또 한 번 누군가 '하쿠나마타타!'를 외쳤다. 그러자 이번에는 방송국 팀에서 같은 구호로 답을 해 왔다. 그리고 누가 먼저랄 것 없이 '하쿠나마타타'를 외치기 시작했다. 주술처럼 외친 그 한마디로 신기하게도 감정이 풀리고 화해의 문이 열리기 시작했다. 우리는 양쪽에 맺힌 매듭을 잘 풀어 나갔다.

'문제없어. 다 잘될 거야.'라는 마술 같은 주문이 통하게 된 것이다. 우리 일행과 방송국 팀의 지혜와 전략으로 모든 일정 내내 별 무리 없이 순조롭게 프로그램 제작을 마쳤다. 그렇게 만들어진 프로그램의 제목은 〈아프리카에 빛이 된 코리안 티

챠)이다.

그 방송이 다큐멘터리로 방영된 후 나는 2014년 여름 K방송
국 〈아침마당〉 프로그램에 게스트로 나가는 영광까지 얻었다.

케냐에서의 모든 일정과 교육 봉사의 순간들 중 값지지 않
은 순간은 단 한순간도 없었다. 모든 것이 '하쿠나마타타!'를
외친 덕분이다.

○

'죽음의 집'에 울려 퍼진 볼 플레이트

"친절한 말은 짧고 하기 쉽지만, 그 울림은 참으로 무궁무진하다."고 말한 마더 테레사 수녀는 1948년 인도 캘커타의 빈민가에 오갈 데 없는 행려병자들의 마지막을 위해 그들이 단말마의 고통을 호흡할 때 곁에서 그 고통을 나눌 수 있는 집을 세웠다.

바로 '죽음의 집'이다. 죽음의 집을 세워 가난하고 병든 사람들을 위한 봉사활동을 펼쳤는데, 세계 각국에서 많은 자원자들이 모여들었다. 우리나라에서도 봉사에 대한 관심이 일었고 서적도 많이 나왔으며 직장인들의 연수에도 봉사라는 개념이 반영되기 시작했다.

그 영향 덕분인지 나도 M대학에서 실시한 교육 선교 봉사 수련 과정을 완료했다. 봉사단체가 결성되고 봉사를 떠나게 되었고 우리 일행은 '죽음의 집'에서 해야 할 일을 미리 협의했다. 청소나 식사한 그릇을 닦고 환자들의 상처를 닦아 주는 일은 차고 넘치는 자원자들의 차지가 되어 우리 순서에 들지 않았기에 우리는 마지막 숨을 고르는 환자의 영혼을 위로하는 악기 연주를 하기로 뜻을 모았다.

'볼 플레이트'라는 악기로 성가 곡을 몇 곡 연습했다. 볼 플레이트는 핸드볼과 같은 원리로 볼을 옆면에 있는 넓적한 금속 접시 플레이트에 부딪혀 소리를 내는 악기였다. 즉, 볼은 금속의 중앙에서 언제나 금속접시를 칠 준비를 하고 있었다. 연주자의 손놀림에 의해 볼은 플레이트라는 넓은 면에 닿았고 닿는 순간 맑은 소리를 내는 중요한 존재였다. 그 볼이 제 일을 다하도록 플레이트는 받침 역할을 충실히 해야 했다.

나는 '솔' 음을 맡았다. 성가곡에서는 솔이 들어가는 부분이 많았다. '솔' 음은 화성으로 따지자면 Ⅰ도와 Ⅴ도 화음에 들기 때문이었다. 정신을 바짝 차리지 않으면 자신의 차례에서 놓치기 십상이어서 연주곡이 끝나기까지 긴장을 풀어서는 안 되었다.

우리는 캘커타의 '죽음에 집'에서 성가 연주를 시작했다. 너무 거룩해서 연주를 시작하기도 전에 마음에 전율이 일고 눈이 젖어 들었다. 그곳에 있는 숨이 꺼져 가는 행로병자와 나 자신의 존재가 별반 다르지 않음을 깨닫는 순간이었다. 오직 연주가 저들을 위로하기만을 바랐다. 신 앞에서 잘나고 못남을 견주는 것이 부질없다는 생각이 들어서였다. 제발 그들의 영혼이 조금이라도 안식을 가지기를 바라며 연주하게 되었다.

우리 봉사단은 무사히 연주를 마쳤다. 누구랄 것도 없이 벅찬 감동에 활짝 웃고 있었다. 내가 살면서 언제 또 이처럼 거룩한 일을 해 볼 수 있을 것인가, 과연 신께서 나를 축복하셔서 그런 기회를 또 주실 것인가를 생각하게 되는 숙연한 시간이었다.

누구든 삶을 살며 볼 플레이트 안의 소리를 내는 일을 담당하는 볼 역할을 맡을 수 있다. 맑은 소리를 내는 중요한 존재로서, 또 누군가는 묵묵하게 플레이트처럼 볼을 받쳐 주는 충실한 역할을 하는 사람도 있을 것이다.

볼만 있어서도 청아한 울림소리가 나지 않고 플레이트만 있어서도 연주가 완성되지 않는 볼 플레이트 연주는 곧 단원들의 협동심을 연주하는 모습을 담고 있다. 볼과 플레이트처럼 서로가 서로를 돕는 연주는 얼마나 아름다운 일이던가 생각했다. 나는 내가 가진 능력 안에서 볼 플레이트 연주 같은 또 다른 봉사를 꿈꾸고 있다.

3

바다에 가다

우보예찬(牛步禮讚)

내가 어린 시절에는 집집마다 소를 키웠다. 우리 집에도 소가 한 마리 있었다. 행랑채에 붙어 있는 외양간에서 사는 소는 여름철에는 행랑아범이 꼴을 베어다가 거두었고 꼴이 나지 않는 겨울에는 볏짚과 등겨를 넣어 쇠죽을 끓여서 키웠다. 쇠죽은 행랑채가 아닌 사랑방 아궁이에 무쇠솥을 걸어서 끓였다. 사랑방의 난방을 위해서였다. 소는 먹는 양도 많아서 쇠죽을 솥 가득 끓이곤 했는데 여물 삶는 냄새가 얼마나 구수한지 맛보고 싶을 정도였다.

그 당시는 농약을 치지 않은 볏짚에 쌀을 도정하는 과정에서 나온 미강 가루인 등겨를 넣었으니 그 냄새는 거의 사람의 음식 냄새 이상이었다. 50년 전이어서 지금과는 너무나 다른 모습이었다. 가축이 곧 애완동물이나 마찬가지였다. 마루 밑의 강아지나 우리 속의 돼지나 소 그리고 헛간에서 아무렇게나 자라는 염소, 닭이나 오리, 거위가 사람들의 사랑과 관심을 또는 무관심을 받으면서 자라고 있었다. 서로 무심한 속에서도 소속이 확실하여 마을에서 돌아다니거나 늦게 들어간 가축이라도 있을라치면 누구네 가축인지 알고 몰아주고 챙겨 줄 정도였다.

소는 젖을 짜지는 않았다. 다른 나라들이 소젖으로 치즈와 버터를 만들어 먹는 문화를 견주어 보면 우리는 소에게 너무 많은 것을 바라지는 않았다. 나는 곧잘 소를 보며 놀았다. 소의 순하고 동그란 눈이 좋아서 바라보고 있으면 소는 마주 바라다보아 주기도 하고 전혀 관심 없다는 듯 허연 혀를 돌리면서 되새김질을 하염없이 하기도 했다. 다른 가축들에 비하면 소는 격이 있는 족속이었다.

우리 집 소는 나의 어린 시절에 있던 비밀을 하나 알고 있었다. 학교 공부 중 쓰기 숙제가 있었는데 팔이 아플 정도로 양이 많아 쓰기에 꾀가 난 나는 그 종이를 한 장 건너 한 장씩 뜯어내서 외양간의 아궁이에 집어넣었다. 그 종이가 타서 더 잘 끓은 쇠죽을 먹은 소도 엄연한 공범인 셈이었다. 하지만 우리 집 소는 눈만 끔벅끔벅할 뿐 그 누구에게도 나의 잘못을 이르지는 않았다. 참으로 비밀 유지도 잘하는 소였다.

소에게는 다른 가축에게는 없는 특별한 장치를 해 주었는데 그것은 바로 '워낭'이었다. 소의 목에 건 방울이었는데 우리집 소의 워낭 소리는 유난히 쟁쟁하고 컸던 것으로 기억한다.

우리 마을에는 소꼴을 먹이러 소를 타고 외양간 밖으로 나가는 동네 청년이 몇 있었는데 소 등을 타고 야산을 유유히 누비는 그 솜씨는 놀라웠다. '워! 워!' 하는 주인의 소리만으로 앞으로 가고, 멈추어 서고를 할 수 있는 소는 말귀를 알아듣는다고 믿어도 될 터였다.

땅에 도장을 꾹, 꾹, 찍듯 발을 옮기는 소걸음은 우아하다는 어느 시인의 '우보예찬'이 기억에 남는다. 느릿하지만 꾸준히 천 리를 가고 우직하지만 실족이 없는 게 '우보의 미학'이다. 정말이지 여태 소가 실족했다는 얘기는 들어 본 적이 없다.

○

우리 집 4남매

나에게는 아직 부모님이 살아 계시고 사 형제 중 내가 둘째 여자 외딸이어서 위로는 오빠가 있고 아래로는 두 남동생이 있다. 그 당시의 이웃들은 평균 육 남매의 형제 수를 가지고 있었다. 그러니 우리 집 4남매는 형제 수가 적은 편이었다.

그래도 장성하여 올케가 셋이나 생겼으니 우리 집은 꽤나 화목하고 재미있기도 하다. 여자 형제가 없어서 늘 자매가 있는 집을 부러워했던 것이 사실이다. 그러나 우리 집에 올케들이 들어와 한 식구가 되었을 때 그 올케들이 나의 여자 형제나 마찬가지라고 생각하여 기뻤다. 또 그 올케들은 하나같이 속이 넓고 정이 깊어 여자 형제 이상의 두터운 우애를 갖게 되었다.

형제들은 각기 흩어져 살다가 명절과 부모님 생신에 모였다. 그리고 아이들이 어려서는 돌, 백일에 모였다. 시간이 흐르면서 각자 살기 바빠지면서 점점 모이는 기회도 줄어들고 관심도 덜 가지게 되었다. 나이 들어감이라고 핑계를 대기에는 좀 어딘가 서운한 구석이 있으면서 자녀들이 장성하는 데 신경 쓰느라 잊고 지내게 되었다.

그런데 내가 병으로 입원을 하면서 잠시 잊고 있었던 형제애가 끈끈하게 살아났다. 심지어는 그들의 기도를 힘입어 내가 얼마나 많은 힘을 얻고 영혼에 위로를 받았는지 모른다. 과묵하여 만나도 말이 없는 오빠가 건넨 진심 어린 위로에는 그만 눈물샘이 폭발하고 말았다. 이 세상에 하나밖에 없는 누나를 부르며 수술 전후로 안부 문자를 묻던 두 남동생들은 내가 여자 형제를 부러워하던 마음을 눈 녹이듯 씻어 내 주었다. 이 세상에서 하나밖에 없는 누이가 되기가 어디 그리 쉬운가 싶어 병석에서 빨리 쾌차하여 그들을 만나고 싶어졌다.

바로 밑에 남동생이 유난히 나를 쫓아다녔다. 네 살의 나이 차가 나니 내가 여덟 살 적이었을 때 동생은 네 살이었을 것이다. 친구들과 술래잡기를 할 때면 동생 때문에 쉽게 술래로부터 발각되는 것이 못내 못마땅했던 나는 한번은 동생을 두고 꺾어진 담벼락을 획 돌아 뛰어 내달렸다. 아무것도 모르는 동생은 담벼락을 따라 신작로로 나갔고 신작로를 따라 계속 "누나, 누나!"를 부르며 갔는데 그 당시 동생의 모습은 바지도 안 입은 맨발 차림이었다고 한다. 그 당시는 그렇게 자연 속에서 꾸밈없이 자랐다.

얼마나 지났을까. 한참을 놀다 들어와 보니 내 등에 업혀 있거나 손에 잡혀 있어야 할 동생이 보이지 않자 어른들은 동생이 어디 있느냐고 물었고 나는 지은 죄가 있어 대답을 못 하고 있었다. 마침 행랑채 아저씨가 "밭 갈다 보니 아무래도 신작로를 걸어서 가고 있는 아이가 둘째 같다."고 전해 주었다. 그 길로 어른 몇이 자전거를 타고 동생을 찾으러 달려 나갔다. 어른들은 여전히 "누나!"를 부르며 울면서 10리 길이나 아장아장 걸어간 어린 동생을 자전거에 태우고 돌아왔다. 돌아온 동생의 얼굴에는 키 큰 삼잎 국화꽃처럼 눈물 얼룩이 그려져 있었다. 지금도 나는 동생을 생각하면 대문 옆 화단에 노랗게 핀 키 큰 삼잎 국화꽃을 떠올린다.

그날 회초리 맞을 각오를 단단히 했는데 예상외로 아무 체벌도 없었다. 잃어버린 아이를 찾은 것만으로 다행이라 여겨서 훈계나 체벌은 의미가 없다고 생각해서였는지도 모를 일이었다. 아니면 철도 안 난 애보개 누이가 불쌍해서 매를 생략한 건지도 모를 일이다.

무사하게 동생이 돌아와서 얼마나 다행인지 모두가 가슴을 쏟아내린 하루였다. 그날을 떠올리면 지금도 아찔하다. 만약에 동생을 찾지 못했다면 얼마나 큰 비극이 전개되었을까. 자식이 무탈하게 성장하는 것이 최고의 효도라는 것은 우리의 오랜 정서이다. 형제간에 우애 있게 지내 늙으신 부모님 생애에 효도하는 일, 그것이 사 남매의 책임이자 의무이다.

사막에서 온 눈물

○

2인실에서 느낀 나눔의 정

병실 생활이라는 것이 군대와도 비슷한 구석이 있다. 어느 환자든 그 방에 먼저 입원하는 쪽이 선임 같은 입장이고, 나중에 드는 사람은 후임이나 세입자 같은 처지가 된다. 내가 병실을 2인실로 옮겼을 때의 일이다. 이미 한 부부가 먼저 들어 있었다. 그 부부는 먼저 자리 잡은 주인 같아서 나는 눈치를 보며 조용히 이사를 들어가야 했다. 이상하게도 누가 시킨 것도 아닌데 행동을 조심하게 되었다.

뇌하수체 쪽으로 문제가 생겨서 왔다는 새댁 환자는 신혼이라기에는 나이가 들어 보였다. 요즘에는 삼십이 훌쩍 넘어서야 결혼을 하니 나이가 지긋한 신혼도 있기 마련이었다. 남편은 41세고 부인은 40세였다. 그들은 아기를 갖기로 계획했다가 병원에서 검사를 했고 부인의 뇌에 무언가 이상이 있음을 알게 되었다고 말했다. 수술 결과가 좋아 1년 후에는 아기를 가질 수 있다니 여간 다행이 아니었다.

2인실 구조라는 것이 벽도 칸막이도 없이 침대와 침대 사이를 헝겊 커튼으로 빙 둘러막아 놓은 형태라서 이웃의 코 고는 소리, 음식 먹는 소리, 작게 내는 말소리까지 다 들리는 터라 2인실 환자로서 생활하는 것이 보통 어려운 일이 아니었다. 사이좋게 지내려면 한없이 친해지고, 낯을 가리고 어려워지려면 곧바로 금을 긋듯이 불편한 사이가 될 수 있는 것이 2인실이다. 다행하게도 신체의 같은 부분에 이상이 있어 입원을 해서 어디에 문제가 있고 치료 방법은 무엇이며 수술 날짜가 언제인지를 묻다 보면 동병상련의 처지가 되어 서로를 이해하고 가까워지는 것이 또한 2인실이다.

그 당시 나는 수술을 앞두고 있었고 말기 종양이 발견되어 너무 절망적이라서 생을 정리할 형편이었다. 중증 환자가 2인실을 써 가면서 임종을 준비한다는 것이 버겁고 무거운 일이어서 옆 환우에게 무척 미안해하고 있었다. 1인실을 신청해 놓고 기다리고 있었기에 망정이지, 이제 새 생명을 갖고 싶은 신혼부부와 같은 병실을 사용하는 것은 보통 부담스러운 일이 아니었다. 방음이 전혀 안 되는 상황에서 몸을 바꾸어 눕는 부스럭

거림마저도 눈치가 보이는 상황이란 이루 말할 수 없이 불편한 일이었다.

드디어 1인실 병실이 났다는 기쁜 소식이 전해졌다. 이사를 나가는 나보다도 그동안 불편을 참고 살아온 신혼부부가 더욱 기뻐하는 눈치였다. 그들도 곧 퇴원 일정이 잡혔다. 그들은 쓸데가 없어졌다며 종이컵 남은 것과 휴지를 전해 왔다. 자신들은 몇 시간 이내로 그 병원에서 나갈 거라는 기쁨이 커서 선심을 쓰는 눈치였다. 나의 병원 생활이 장기전임을 예감하고 그런 배려를 한 거라는 생각도 들었다.

그런데 전해 받은 물건들이 참으로 요긴하게 쓰였다. 정말 고마운 환우였다. 불편하게 여겼던 2인실 생활도 이런 나눔의 정을 느낄 수 있다고 생각하니 다 나쁜 것만은 아니었다. 곁에서 잠시 스치고 지나는 인연도 소중함을 알려 주는 환우였다. 그들에게 새 생명의 잉태라는 기쁜 소식이 어서 찾아오기를 빈다.

○

송이 모녀가 전해 준 부드러움

한 환자가 내 옆 침대에 들어왔을 때의 일이다. 막 뇌전증 수술을 끝내고 중환자실에서 일반병실로 들어오는 길이었다. 이동 침대에서 병실 침대로 옮길 때 부끄러움이 많은지 커튼을 닫고 이동하는 바람에 나는 그 환자의 얼굴을 보지 못했다.

지나가다가 이불 밖으로 나온 환자의 발을 보았다. 다섯 살짜리 아기의 발바닥처럼 굳은살 하나 없고 이 세상을 많이 걸어 보지 않은 작고 힘없는 발이어서 놀랐는데, 그 환자의 보호자인 어머니로부터 서른 살 아가씨라는 말에 더욱 놀랐다. 그 아가씨의 엄마가 커튼을 젖혀서 드디어 나는 그 아가씨를 보게 되었다. 여느 아가씨처럼 평범했다. 환자가 아니라면 평범해 보이는 얼굴의 아가씨 이름은 송이였다.

송이에게는 쌍둥이 언니가 있다고 환자 보호자인 송이의 엄마가 말해 주었다. 그 쌍둥이 언니는 일찍 철이 들었다고 한다. 자신까지 매달리면 엄마가 힘들까 봐 어려서부터 응석마저 부리지 않을 정도였다고 한다. 경기(驚氣)를 자주 하고 늘 휠체어에 앉아 있는 동생으로 인해 독립심이 강하고 건강한 어른으로 자랐다는 것이다. 송이는 지능도 다섯 살 수준에 머물러 있다고 그녀의 엄마가 설명해 주었다.

뇌전증을 밥 먹듯 앓아서 지칠 대로 지쳤을 법한데도 그녀의 엄마는 자애롭고 친절하기가 이루 말할 수 없었다. 다섯 살 아기처럼 구는 자식과 헌신하는 어머니, 그들 모녀를 보고 나는 관계의 부드러움에 대해 생각해 보았다. 그리고 나를 반성했다. 자식들 앞에서 얼마나 자애롭지 못하고 친절하지 못했던가를. 건강하고 씩씩함이 넘치는 자식이라고 해도 엄마의 친절함이나 부드러움을 원하지 않는 자식은 없을 것이다.

그래서 나의 그런 태도는 어디에서 왔는가를 따져 보았다. 그러니까 자식에 대한 태도는 나의 어머니로부터 물려받은 기질 중의 하나였다. 어머니는 좀 냉정한 분이었다. 지금에 와서 생각해 보면 어머니는 스파르타식 자녀 양육법을 선택하셨던 것 같다. 강하게 키우려고 그랬을 것이라는 생각이 든다. 자식들이 어려움 앞에서도 약해지지 않고 잘 견디기를 바라고 택한 방식이 아니었을까. 나는 어머니의 엄하고 따끔한 훈육의 모습을 많이 보아 왔다. 그래서인지 나를 비롯한 4남매는 자립심이 강했다. 근시안적인 방법보다는 원시안적인 양육 방법이었으리라.

나 역시 내 슬하에 두 남매가 장성하기까지 자애롭고 친밀하기보다는 엄격하고 딱딱했다. 잘 안아 주지도 어르지도 않고 스스로 알아서 하기를, 실수를 용납하기보다 철저한 자기 관리하기를 바라는 스파르타식 훈육을 고집했다.

아들아이가 어려서의 일이다. 체험학습을 떠나기 전날에 가방을 싸야 했는데 나는 도와주지 않고 스스로 하라고 말했다. 아이가 잠들고 나서 과연 잘 쌌는지 궁금해졌다. 그래서 가방을 풀어 보았다. 빠트리지 않고 잘 싼 걸 보고 그 후부터 가방 싸는 일만큼은 의심하지 않고 믿게 되었다. 지금은 놀라울 정도로 짐을 잘 싸고 있다. 그것은 어려서부터 해 온 스스로 챙기기라는 스파르타 교육 방법이 좋은 효과를 낸 덕택이라고 생각한다.

그런데 송이 모녀를 보며 내가 고집해 온 강인한 스파르타 방식의 양육이 다 좋은 것은 아니라는 생각이 들었다. 부드럽고 자애로운 분위기 속에서 딸이 어머니를 의지하고 어머니 역시 사랑을 나누어 주는 모습이 보기에 좋았다. 그런 모습들이 나의 지난날을 되돌아보게 만들었다.

그래서 나는 다 자란 자식들 앞에서 이제부터라도 친절하고 자상한 엄마가 되어 보기로 마음먹었다. 적어도 자식들의 실수에 잘잘못을 따지며 그걸 왜 빼먹었느냐, 왜 빠뜨렸느냐, 아니면 그걸 몰랐느냐, 나무라지 않는 어른이 되어야겠다고 마음먹었다. 부드러움으로 대할 나의 회심이 너무 늦지 않았기를 바랄 뿐이다.

○

의사보다 고마운 이 여사

나의 뇌수술이 끝나고 1인병실로 옮겼을 때에 후배 H가 간병을 자처하고 내 병실을 찾았다. 다행히 그녀에게 보여 줄 안산의 산벚꽃이 조금은 남아 유리창에서 바라다보이고 있었다.

나는 그녀에게 내가 중환자실에서 써 가지고 나온 작품이 얼마나 소중한지를 설명했다. 그리고 그 원고가 곧 영국의 BBC사에서 영화로 만들 각본이니까 밤에는 그 원고를 잘 간수해야 함을 강조했다. 병실 문을 꼭 잠가야 한다고까지 주의시켰다. 그리고 FBI 첩보원이 나의 원고를 뺏으러 올지도 모르니 우리는 어쩌면 그날 밤 비행기로 이 나라를 떠나야 할지도 모른다고 말했다.

나는 옷장을 확인했다. 그 안에는 우연하게도 군청색으로 컬러가 같은 그녀와 나의 바바리코트가 옷걸이에 걸려 있었다. 나는 병원에 입원하던 날 입고 들어온 거였고, 후배는 병문안 올 때 입고 온 것이었다. 그 우연은 나의 착란을 부추겼다. 나는 그녀에게 두 사람이 색이 똑같은 옷을 입고 빨간색 둥그런 테 모양의 안경을 쌍둥이처럼 써서 FBI의 추격을 피해야 한다고 말했다.

끝까지 듣던 후배는 동그랗게 뜬 눈으로 나를 자세히 보더니 갑자기 "언니, 어쩌면 좋아!"라고 탄식을 했다. 그러더니 일어서서 내게 가까이 다가와 나를 꼭 안아 주며,

"알았어요, 선배의 소중한 원고를 잘 지킬게요. 아무도 못 가져가도록 지킬게요. 그러니 안심해요."

하고 말하는 것이었다. 후배 H는 수술 후유증이 어떤 건지를 이미 들어서 알고 있었던가 보다.

나는 그 소중한 원고를 중환자실에서 잠도 안 자고 사흘을 꼬박 썼다. 종이와 펜을 달라고 부탁하였고 중환자실에서는 나를 여간해서 볼 수 없는 이상한 환자로 분류하였다. 그 와중에도 나는 끝없이 메모를 한 것이었다. 간호사들은 수군거렸다. 다음 인수인계 시간에 나에 대해서 정신분열증 환자라고 말하며 차트를 넘겨주었다. 나는 그들의 표정이 다 보이고 말이 다 들려도 알은체를 할 수가 없었다. 어쩌면 나의 원고를 빼앗길 수도 있을 테니까.

나는 나 스스로 만족할 만한 양은 못 썼지만 꼬박 사흘 동안 쓴 원고를 내가 입은 환자복 윗도리 속에 감추어 두었다. 일반 병실로 옮겨 올 때는 그 원고가 빠져나오지 않게 옷을 두 손으로 꽉 움켜잡고 있었다.

내가 깨어 있는 동안 나의 바로 옆 환자는 잠에서 깨어나지 못하고 있었다. 나는 그것도 감사하게 생각했다. 신께서 나의 잠을 그 환자에게 모두 주고 대신 그의 의식을 나에게 바꿔치기하여 선물로 준 것이라고 생각했다. 그래서 글을 쓸 수 있었던 것이라고.

일반병실로 옮기고 후배가 나의 병간호를 해 주는 동안 FBI는 오지 않았다. 하지만 나의 불안은 멈추지 않았다. 나의 병실에는 청소용역업체의 직원인 이 여사라는 사람이 청소를 하러 오고 갔다. 이 여사는 내가 신비한 영의 능력을 가졌다고 생각했다. 어느 날 영화사에서 나의 글을 토대로 영화를 촬영하러 올 것이라는 나의 말을 그녀는 믿어 버렸던 것이다.

그리고 나의 영이 지금 중간계에 와 있다는 나의 횡설수설하는 말까지 믿어 의심치 않았다. 그러고는 외아들의 운을 빌어 달라고까지 했다. 아들은 가난한 집안 형편 때문에 대학 진학을 포기하고 미용 기술을 배워 벌써 10년째 현장에서 열심히 뛰고 있다고 했다. 나는 이 여사와 그녀의 아들은 성실하고 착한 사람들이니 복을 받을 것이라고 말해 주었다. 착란 환자가 아니고 그 어떤 정상인이 보더라도 성실하게 사는 그들 모자가 복을 받지 않을 거라고 어찌 생각할 수 있겠는가.

원고를 누군가에게 빼앗기기 전에 나는 그 원고를 노트북 컴퓨터에 옮기는 일까지 완벽하게 끝냈다. 하지만 종이 원고를 없애는 중요한 일이 남아 있어서 불안감이 줄지는 않았다. 그때 원고를 물에 불려 종이죽으로 만들고 그 죽을 변기에 흘려버리는 방법을 생각해 냈다. 나는 수술 후 어지럼증이 완전히 가시지 않은 상태였지만 비틀거리며 내 원고를 휴지통에 넣고 물을 가득 부었다.

얼마나 지났을까. 이 여사가 병실을 청소하러 들어왔다. 휴지통을 본 그녀는 나에게 무어냐고 물었고 나는 자초지종을 설명했다. 내 설명을 들은 이 여사는 종이죽을 손으로 잘게 찢어서 물에 잘 풀어 저은 후 변기에 깨끗이 흘려보내 주었다. 이 여사의 노련한 해결 덕분에 원고지 처리가 완벽하게 끝났다. 그러자 나의 불안증도 감쪽같이 가라앉았다.

이 여사는 참 선량한 사람이었다. 또 의사나 간호사보다 나의 정신적 문제를 잘 치료해 준 능력 있는 사람이었다. 내가 한 말이나 행동을 정상인의 잣대로 재지 않고 그럴 수도 있겠다는 이해의 잣대로 측량하여 마음속까지 위로해 주었던 훌륭한 사람이었다. 그들 모자가 큰 복을 받았으면 좋겠다. 아니, 꼭 받을 것이라고 확신한다.

○

식약일체(食藥 一體)

병원에 입원하고 수술 날짜가 잡혔을 때 T선배로부터 연락이 왔다. 나는 그 당시의 병 진단과 수술 계획에 관하여 전했고, 중환자 수술을 목전에 두었다는 소식에 깜짝 놀란 그녀는 한달음에 서울까지 달려와 주었다. 손에는 손수 만든 추어탕을 들고.

내가 그녀의 추어탕을 먹은 것은 한두 번이 아니었다. 그녀는 시모로부터 전수받은 경상도식 추어탕을 수십 년을 끓여 왔다고 한다. 그녀 주변의 가족과 지인 그리고 친구들까지 그녀의 추어탕을 맛보지 않은 사람은 거의 없을 정도다. 그녀를 따라 재래시장에 미꾸라지를 사러 간 적도 있다. 큰 함지박 가득 미끈거리는 몸뚱이끼리 이리저리 부딪히는 모습의 미꾸라지들로는 맛있는 음식이 될 성싶지 않게 보였는데 희한하게도 그녀의 손을 거치면 훌륭한 추어탕이 탄생되는 것이었다. 그 미꾸라지를 삶아 체에 거르는 걸 지켜본 적도 있었다. 아무나 흉내낼 수 없는 고차원의 경지였다.

토란대와 고사리 또는 숙주와 시래기를 적절히 넣고 장으로 간을 맞추어 끓인 그녀만의 특제 추어탕은 정말 맛있는 음식이었다. 토란 줄기는 추어탕에서 아주 중요한 역할을 하는 식재료여서 나는 그녀의 부탁으로 몇 번 사 본 적이 있다. 토란 줄기가 '준치'라고 불린다는 것을 알게 된 것은 〈식객〉이라는 만화를 통해서였다. 그 재료가 마른 재료라서 보관이 오랫동안 가능하기 때문에 미리 사 두었다가 필요할 때 쓰면 좋다는 지혜는 바로 그녀에게서 배운 것이다. 그녀의 고향 방식에 따라 방아 잎이나 제피가루를 넣었는데 먹다 보니 나도 원래 한 고향 사람처럼 그 향에 익숙해졌다.

자주 그 음식을 해서 가족을 보살피고 주변 사람을 대접하는 그녀는 어떤 음식을 먹어야 건강해지는지를 아는 걸어 다니는 동의보감이었다. 음식은 곧 약이라는 '식약일체'의 원리를 그녀는 확실하게 알고 있음이 틀림없었다. 그녀는 이다음에 사람들이 '차려 준 밥 잘 먹었어요.'라는 인사를 남겨 주기를 바란다고 했다. 얼마나 넉넉하고 아름다운 말인가.

그녀의 밥을 먹고 있으면 생일상을 받는 기분이다. 따뜻하고 모락모락 김이 나는 밥과 시원한 국물 그리고 정갈한 반찬들은 그녀의 바지런한 손놀림과 칼칼한 성격을 나타내 주었으며 재료를 아끼지 않고 다 내어 주려는 그 마음은 상대방을 감동시키고도 남았다.

함께 식사를 한다는 일은 마음을 나누는 의식이다. 내키지 않으면서 초대한 식사에 응할 사람은 없다. 나 역시 그녀의 식탁에서 진솔해지는 자신을 발견할 수가 있었다. 그러니까 그녀는 따뜻하고 정성스런 요리를 대접함으로써 상대를 무장 해제시키고 마음 편히 식사라는 의식에 참여하여 함께 즐기기를 유도하는 제사장 같은 능력이 있었다.

그런 그녀에 비하면 나는 얼마나 식탁 차리기를 힘들어하고 피하는지 모른다. 음식 솜씨도 없거니와 냉장고나 음식 재료 수납장도 텅텅 비어 있어 갑자기 누군가 온다 해도 밥을 지을 생각보다는 외식이나 배달 음식으로 대체할 꽤나 써 왔다. 나는 음식을 통해 다른 사람의 마음을 어루만지는 재주나 솜씨는 없는 사람이었다.

병원에 입원해 있던 두 달 동안 가장 편리했던 점이 바로 식사였다. 때가 되면 식당 요원이 배식 차량을 끌고 와 나의 침대에 딸린 접이식 식탁을 펴 주고 그 위에 영양과 칼로리를 균형 있게 따져 위생적으로 조리한 음식이 담긴 식판을 두고 갔다. 음식 만드는 걱정 없이 식사만 하면 되는 환자의 처지가 만족스러워지는 시간이 바로 병원에서 식사를 하는 순간이었다. 나는 게으름에 온몸이 마취되고 말아 '계속 환자로 지내면서 손 편하고 마음 편하게 식사하고 살 수는 없을까?' 하는 엉뚱하기 짝이 없는 생각을 하였다.

퇴원 후 나는 누군가에게 따뜻한 밥 한 끼라도 지어 대접할 수 있을까 생각해 보았다. 따뜻한 식사가 온정을 나누는 가장 잘하는 일임을 알지만 어디 그게 그리 쉬운 일인가.

'먹는 것이 곧 약이다.'

그래서 우리 인류는 식문화를 발달시켜 왔는지 모르겠다. 내가 어릴 때만 해도 어른들의 생신이 돌아오면 동네 사람들을 불러 음식을 나누고 함께 즐기는 잔치를 열었다. 때에 맞추어 맛난 김치를 담가 두었다가 잔칫날 아침에 밥과 국을 만들고 전을 부치고 잡채를 버무리고 고기를 볶았다. 찬장에 차곡차곡 넣어 두었던 그릇들이 나오고 어디서 나왔는지 네모난 나무 상을 방마다 놓았다. 방만으로는 모자라 마당의 멍석에도 상이 놓이면 그 집의 음식들이 접시에 담겨 줄지어 상을 채웠다. 초대받은 동네 사람들이 모두 모여 생일을 축하하며 아침을 즐겼다.

초대장을 따로 전송하던 시대가 아니었기에 대체로 심부름은 그 집의 손자나 손녀 중에 걸음이 재고 목소리가 큰 아이가 했다. 우리 집은 발이 빠르고 개를 무서워하지 않는 내가 심부름을 도맡아 했다. 초대해야 할 어른이 계신 집을 빠지지 않고 차례대로 들러 "생신잔치 드시러 오시래요!" 목청껏 외치는 일이 나의 임무였다. 나는 그런 심부름하기를 좋아했다.

심부름을 잘한다고 '예쁜 종그래기'라는 별명이 붙여졌다. 그 옛날의 호기심 많던 '예쁜 종그래기'는 오늘 누구를 위해 어떤 밥을 지어 볼까 생각에 빠져 본다.

○

잊지 못할 편지

누구나 잊지 못할 오래된 편지를 가지고 있을 것이다. 누렇게 바랜 종이째로 보관함에 간직할 수도 있겠고 아니면 가슴속에 고이 담아 생각날 때마다 꺼내 보는 편지일 수도 있겠다. 나의 경우는 후자이다. 잊지 못할 편지가 있었는데 너무 가슴이 아파서 보관함을 정리할 때 편지도 함께 없앤 적이 있다. 그때그 편지를 없애면서 기억에서도 지워 버려야지 했는데 그 기억은 사라지지 않고 아직도 내 마음에 남아 있다. 내가 눈을 감기까지 내 가슴에 살아 있을 것 같다.

지금으로부터 꼭 삼십 년 전, 내가 시골 학교에서 아이들을 가르칠 때의 일의 일이다. 그러니까 편지를 보낸 그 아이는 열

살이었고 지금 살아 있다면 마흔이 되었을 것이다. 나는 그 아이의 언니인 양순이를 가르쳤고 그 아이는 둘째 딸아이라서 남동생을 보라고 이름 끝에 사내 남자를 써서 양남이가 되었다고 들었다. 여동생을 보고 그 후 남동생을 보았으니 이름이 절반은 제구실을 한 셈이었다.

한번은 내가 혼자 세 들어 사는 방에 양순이가 놀러 와서 밤을 새우고 간 적이 있었는데, 양남이는 언니 양순이가 선생님 댁에서 밤을 새운 일이 몹시 부러웠는지 자신도 언젠가는 그렇게 하고 싶다는 마음을 전했다. '어린이들은 대체로 이모뻘 되는 선생님 댁에 놀러 가는 걸 좋아하는구나.'라고 생각할 정도의 단조로운 시골 학교생활이었다.

그렇게 시간이 더디게 지날 때 유난히 나를 따르는 그 아이에 대해 자세히 관찰할 기회가 생겼다. 글짓기대회가 열리던 날이었다. 상상외로 글을 잘 쓴 아이가 있었는데 바로 양남이었다. 또 눈망울이 어찌나 맑고 또랑또랑한지 참으로 사랑스러운 소녀였다. 책을 많이 읽어서 아는 것도 많아 영재 소리를 들을 정도였다. 학교 오가는 길에도 시간을 아끼느라 책을 읽어가며 다닌다는 이야기를 들었다. 시골 학교에서는 눈에 띄는 인물이었다.

직접 담임은 아니었지만 그 아이에게 잘해 주고 싶은 마음이 들었다. 내가 해 줄 수 있는 일이라고는 더 많은 책을 읽을 수 있도록 안내해 주거나 문학적 호기심을 갖도록 이야기를 들어 주는 일이 전부였지만, 양남이는 그 작은 일에도 스펀지가 물을 빨아들이는 것처럼 나에게 집중하고 있었다. 그러다가 내가 전근을 가야 하는 시기가 되어 학교를 옮기는 안타까운 일이 벌어졌다.

학교를 옮기고 다른 환경에서 지낸다는 것은 결코 쉬운 일이 아니었다. 더군다나 정이 들 대로 든 학생들을 두고 혼자 떠나는 길은 발걸음이 떨어지지 않았다. 양순이를 비롯한 어린 소녀들은 수줍어 말도 못하고 있었다. 그런데 양남이는 마치 이사 가는 친구에게 매달리듯 팔을 붙잡고 말했다.

"안 가면 안 돼요?"

얼마나 자신의 감정을 솔직하게 표현한 말인가? 하지만 나는 운전하여 한 시간씩 왕복 두 시간 장거리 출퇴근을 하느라 지쳐 있던 상태였다. 결혼하여 낳은 딸아이가 세 살이 되어 육아를 위해서도 어쩔 수 없이 집 가까운 지역으로 전근해야 했다.

그런데 얼마나 친근하게 여겼으면 가지 말라고, 안 가면 안 되겠느냐고 응석을 부릴 수가 있을까. 그렇게 말하는 아이의 모습이 너무 애잔하고 귀여웠다. 아무리 안쓰러워도 그 동네와 학교를 몽땅 들어서 이사를 시킬 수는 없는 노릇이었다.

어리광을 부리며 매달리는 들꽃 같은 아이들을 달래 줄 요량으로 나는 아이들을 내 차에 태웠다. 그러고는 운동장을 몇 바퀴나 돌면서 작별 인사를 했다. 공부 열심히 하라고, 잘 있으라고.

여기까지만 했으면 좋았으련만. 정이 흠뻑 든 나는 '놀러 오라'고 했던가 보다. 어린아이들이 대중교통을 이용해서 오자면 반나절이나 걸릴 거리인데 그런 먼 거리를 '놀러 오라'고 했던가 보다.

나는 실내에서 신던 헌신을 신발장에 두고 왔다. 그런데 양남이는 내가 무슨 신발을 신고 있었는지를 기억하고 있었다. 아마도 나를 통째로 흠모하고 있었던가 보다. 양남이는 '선생님이 신발장에 두고 가신 신발을 가져다 드릴 겸 놀러 가고 싶다'는 간절함을 담아 편지를 보내왔다.

적어도 나는 양남이에게 답장을 해 줬어야 했다. 그 신발은 안 가져다주어도 된다는 답장을.

양남이는 오지 못했다. 병을 앓다가 못 이기고 죽었기 때문이다. 그 아이가 떠난 후에야 나는 그 편지를 다시 읽어 보았다. 눈물이 흐르는 걸 주체할 수가 없었다. 결국에는 소리 내어 엉엉 울었다. 그러고는 편지보관함을 정리했다.

후에 들은 바에 의하면 양남이는 찻길에 다니는 차가 두 대씩 보인다는 말을 했다고 했다. 뇌종양의 암세포가 시신경을 눌러 그런 착시 현상이 오는 병이었다고 전해 들었다.

나는 양남이가 아프기 전에 놀러 오도록 길 안내도 해 주고 마중도 나갔어야 했다. 그런데 양남이는 놀러 오지도 못하고 신발도 가져다주지도 못하고 돌아오지 못할 먼 길을 떠나 버렸다.

오늘날 같으면 수술하고 나을 수 있는 병인데 양남이에게 너무 일찍 찾아온 병이었다. 양남이는 가혹하게도 편지의 답장을 받아 보지 못한 채 떠나갔다.

○

첫사랑, 첫 편지

내가 어려서 살던 집에는 우체통이 하나 있었다. 나무로 만들어 못을 박아 기둥에 걸어 둔 통으로, 우편배달부는 그 통 속에 편지를 두고 갔다. 우편물이라는 것이 할아버지나 아버지의 지인들로부터 오는 부고가 8~9할을 차지했다. 그 당시는 전화나 문자 같은 통신이 발달하지 않아서 주로 전보 형태의 방법으로 전달되었다.

부고는 주로 누런 봉투에 담겨 있었는데 갈색 나무통에 들어 있는 누런 봉투를 꺼내던 할머니가 파란 하늘을 바라보실 때면 때 맞춰 까만 까마귀가 날고 있었다. 할머니는 '사람이 죽으면 까마귀가 운다.'는 이야기를 하시곤 했는데 그를 증명이라도 하듯이 부고를 꺼내자마자 까마귀가 까옥까옥 소리를 내며 울고 지나가서 우리들의 어린 눈과 귀는 그 현상을 자연스런 일로 받아들였다.

나도 편지를 써 보고 싶고 받아 보고 싶어졌다. 방학 숙제 중에 선생님께 편지 쓰기 항목이 있었다. 내가 받아들인 편지 쓰기라는 행위는 나의 문학적 사고를 트이게 해 준 실로 엄청난 자극이었다. 대상이 누가 되었건 나는 상대의 안부를 묻고 나의 일상을 보고하는 편지를 쓰고 싶어졌다. 그러니까 일찍이 편지라는 관념을 내 인생에 들여놓고 싶어진 것이었다. 음악가 브람스가 클라라에게 평생 동안 편지를 쓸 수 있었던 것도 따지고 보면 편지라는 관념의 지배를 받아서 그랬던 것은 아닐까.

어린 십 대에 나는 편지를 받을 대상이 필요했다. 친구나 또래보다는 나의 정신적인 갈망이 해소될 만큼의 지적인 대상이 꼭 필요했다. 그런데 놀랍게도 나의 욕구가 충족될 대상이 출현했다. 그것은 내가 다니던 교회의 선생님이었다. 내가 초등학교 6학년 열세 살이고 그 선생님이 고등학교 2학년 열여덟 살이어서 다섯 살밖에 차이가 나지 않았다. 오늘날로 치면 그냥 교회 오빠지만 그 당시는 엄청나게 어렵고 엄격한 선생님이었다.

나는 크리스마스에 맞추어 공연할 연극의 주인공이었고 그 선생님은 제자를 지도하는 입장이어서 연극 연습이 끝나면 동료 선생님과 함께 나를 집까지 데려다주곤 하였다. 십리길, 그러니까 4㎞ 정도의 거리였다. 하얀 눈이 내린 땅은 질척거렸지만 배웅을 받는 데에는 아무런 지장을 주지 않았다. 오히려 그 진창길이 짧게 느껴졌다.

시린 밤하늘은 푸른빛을 냈고 멀리 서 있는 나무들은 하늘과 땅 사이에서 잔잔한 숨을 쉬며 정령들끼리 서로 대화를 나누던 길이었다. 나의 인생에서 가장 아름다운 길이 그때의 그 길이다. 그러니 내가 얼마나 편지를 쓰고 싶었겠는가. 편지가 한 사람의 평생을 좌우할 수도 있다. 그것이 보낸 편지거나 받는 편지거나.

나는 선생님께 감사의 편지를 쓰고 싶었다. 편지를 쓰기로 마음먹은 바로 그 순간부터 가슴이 뛰기 시작했다. 문방구에서 편지지와 편지 봉투를 고르던 순간을 나는 지금도 잊지 못한다. 편지를 그날 당장에 썼고 잘 부쳤다. 그리고 며칠이 지났을까. 나는 내가 받게 될 답장의 편지가 갈색 나무통에 전달되기를 고대하게 되었다. 그래서 우편배달부를 기다리고 또 기다렸다. 편지를 기다리는 마음과 영혼은 얼마나 아름답고 빛이 나는가. 그 편지가 선량한 사람들의 편지라면 더욱.

드디어 "편지요!"라는 우편배달부의 목소리가 들려왔다. 나는 편지를 빼앗듯이 받아 가지고 달렸다. 그때 나의 심장이 어찌나 크게 울리던지 귀에 매달아 둔 북을 누군가 마구 두드리는 것 같았다.

돌담 아래에 도착하여 아무도 없음을 확인한 나는 편지를 뜯었다. 나의 손은 정신을 차리지 못할 만큼 떨고 있었다. 편지는 한 달 후면 중학교에 입학하는 신입생을 위한 가이드북 같았다. 산수는 수학으로, 자연은 과학으로 과목의 이름이 바뀌는데 과학은 화학과 생물로 갈라진다는 내용과 함께 영어 과목이 새로 생긴다는 점도 자세히 쓰여 있었다. 영어 사전을 사서 단어를 미리 공부하면 학교에 가서 공부를 잘할 것이라는 선생님다운 염려와 지침들이었다.

그런데 첫사랑이라면 첫사랑일 수도 있었던 그 선생님의 편지는 굉장한 힘이 있는 편지였다. 그 즉시 영어 사전을 사서 단어를 외웠으니 말이다. 중학교 영어 시간 테스트에서 빠르게 패스하는 데 문제가 없었으니 그것은 선생님의 편지 덕분이었다.

비록 서울에 있는 유명대학의 영문과에 들어가서 공부한 후 외교관이 되는 꿈은 이루지 못했지만 지금도 영어책을 손에서 놓지 않는 이유는 그때 받은 편지가 주는 힘이 아직도 마음속에서 작용하는 덕분이라고 할 수 있다.

○

새 식구 루미

어젯밤, 우리 집에 새 식구가 들었다. 하얀 털로 뒤덮인 강아지다. 산골짝의 다람쥐 크기만 하다고 해야 맞을 정도의 손바닥 크기의 어린 강아지였다. 성견이 되면 눈처럼 하얀 털을 자랑하는 예쁜 개로 알고 있다. 두 달밖에 되지 않은 어린 강아지라서 그런지 아직은 털색이 흰색보다는 연한 갈색에 가까웠다.

얼굴이 동그란 것이 여간 귀엽지 않았다. 이름을 '구루미'라고 하기로 했다. 얼굴이 몽실몽실한 것이 맑은 하늘의 뭉게구름을 떠올리게 했기 때문이다. 강아지 이름으로 구름이가 너무 많아 성을 구씨로 하고 이름은 소리 나는 대로 '루미'라고 부르기로 했다. 페르시아의 시인 루미라는 뜻도 있다. 루미의

시에 이런 말이 있다.

> "새로운 손님이 오면 즐거이 모시라. 당신을 휩쓸어 가는 슬픔일지라도 정성껏 모시라, 감사하라. 모두가 그대를 인도하리니."

시에 나온 대로 루미는 우리의 모든 것을 인도하고 있었다. 주인을 떠나 집을 옮긴 지 몇 시간밖에 되지 않았는데 루미는 새집에 적응하기로 마음먹었는지 낑낑거리지도 않고 밥도 잘 먹고 이곳저곳을 부지런히 돌아다녔다. 떠나온 곳에 대한 미련을 포기하는 유전자가 몸속 어딘가 자리한 것인지 강아지는 이곳에 오래전부터 살아온 것같이 행동해서 더욱 사랑스러웠다.

그래도 밤에 잘 때 강아지가 불안함에 잠을 못 이룰까 걱정이 되었다. 나는 편안한 침대에서 자는 것을 단념하고 거실의 소파 앞에 강아지의 잠자리를 마련해 주고 강아지가 마주 보이는 소파에 누웠다. 두 달 어린애라면 불가능할 일이 강아지한테는 가능했다. 내가 눕자 그 어린 강아지도 바닥에서 잠을 청하는 것이었다. 그렇게 첫 밤을 우리는 편안하게 보냈다.

이제 강아지가 오고 이틀째 날이 되었다. 강아지는 꼬리를 흔들며 사람의 발뒤꿈치를 따라다니는 일로 하루를 시작했다.

나의 하루에 강아지의 하루가 들어온 것이다.

내가 어려서는 집집마다 개를 키웠다. 마루 밑에 개가 살았고 해마다 새끼를 낳았다. 그 새끼들은 천천히 눈을 뜨고 젖을 떼었으며 개장수에게 팔려 가기를 반복했다. 동네마다 개장수가 개를 사러 돌아다녔다. 개장수는 개를 사 가면서 아이들의 눈물과 원망도 함께 싣고 갔다.

어릴 때의 개에 대한 향수 때문인지 나는 개에 관한 책이 있으면 읽었고 그 책을 사서 자녀들에게 읽게 했다. 간접적으로 개를 경험해 보라는 뜻이었다. 아이들이 유아일 적에는 『플란다스의 개』 이야기를 들려주고 함께 그림을 보며 우리 가족도 언젠가는 개를 키우자고 약속했다. 점점 아이들이 자라면서 『돌아온 백구』를 읽고 우리나라 토종개에 대해 관심을 가지도록 도와주었고, 『안내견 탄실이』를 통해 개와 인간 사이의 교감에 대해 알도록 해 주었으며 『오수의 개』 이야기를 통해 동물이 지키는 의리도, 『하치 이야기』를 통해 동물과 인간과의 유대관계가 얼마나 멋진 일인지도 깨우치도록 했다.

나는 리처드 기어가 주연한 〈하치 이야기〉를 영화로 본 적이 있다. 그 영화를 찍기 위해서 주인공이 하치라는 개와 얼마나 많은 시간을 함께 보냈을까를 생각하니 영화 속의 사람이나 동물이 모두 다 훌륭해 보였다.

우리 가족이 개를 키웠던 때가 있다. 필리핀이라는 타국에서 달마시안이라는 대형견을 키웠던 것이다. 아파트가 아닌 주택에서 살았기에 가능한 일이었다. 그때 개는 집 밖에서 자랐다. 애완용으로 생각하고 시작한 일이었으나 방범용이 되어 버렸다. 더구나 개를 키우는 여건도 따라 주지 않았다. 우리 가족이 한국으로 돌아와야 했기 때문이다. 달마시안 개를 그곳에 두고 우리 가족은 무거운 마음으로 귀국했다.

그래서 강아지를 새로 입양한 이번만큼은 끝까지 책임을 다해야 함을 무언의 약속처럼 가족들 모두 가슴에 새기고 있었다. 생명이 하나 더 늘어난 집이 되자 분위기와 생활양식이 바뀌게 되었다. 일단은 평소에 보내는 똑같은 시간에 멋진 장식을 단 것같이 전혀 다른 시간을 보내게 되었다. 즉, 활력이 생겼다는 뜻이다. 또 가족들의 대화가 강아지에 대한 대화로 초점이 모아지기 시작했다.

서로를 바라보고 대화한다는 점도 달라진 점이다. 그리고 강아지를 위한 생활을 해야 했다. 예를 들면 개가 물거나 뜯을 수 있는 그래서 먹거나 삼키기라도 할 위험한 것들은 모두 높은 곳으로 치워야 했고, 개가 핥아 먹을 수 있는 먼지나 머리카락을 치우기 위해서 청소도 부지런히 해야 했다. 강아지에게 필요한 살림살이 또한 늘어나게 되었다.

오늘날에는 개를 키우는 일도 유행이 바뀌어서 필요한 것이 다 다르다. 예방접종도 해 줘야 하고 미용 관리도 필요하다.

그런 것들을 전문으로 하는 전문가에게 맡겨야 하고 그런 일들에 비용을 지불해야 한다. 비용 부담이 따른다고 해도 애완견을 키우는 사람들은 다 이유가 있다.

강아지 루미가 우리 집에 오게 된 까닭은 이렇다. "개의 수명이 15년 정도라는데, 어머니가 강아지보다는 오래 사셔야 되지 않겠어요?"라고 말하며 건강 회복을 기원하는 뜻으로 강아지를 분양받아 왔다는 것이다. 아들이 진심으로 효성을 발휘하여 데려온 강아지이니만큼 그 뜻에 맞추어 나도 약 복용을 씩씩하게 해내야 할 의무가 생겼다.

나에게는 이제 새로운 목표가 있다. 치료를 잘 받아 루미보다 오래 사는 일이 바로 내가 해야 할 의무다. 교단에서 쓰러져 집으로 돌아오지 못한 우에노 교수를 10년이나 마중 나오던 하치처럼 먼저 떠난 나를 루미가 그리워하게 할 수는 없는 일이지 않는가.

○

할머니가 들려준 옛이야기

어려서 할머니로부터 들은 이야기이다. 어느 날 집안 어른이 방문했다고 한다. 식사 때가 되어 밥을 지어 대접하여야 하는데 너무도 없이 살던 가난한 시절이라 반찬이라고 변변하게 내놓을 만한 것이 없어 걱정하고 있었다고 한다. 맛이 들지 않은 쓸쓸한 토장이라도 끓일 양으로 부엌 아궁이에 불을 지피고 있는데 손바닥만 한 길 잃은 참게 한 마리가 부엌문 옆을 설설 기어가는 것이 눈에 띄었다고 한다.

부엌 옆으로 장독대가 있고 그 장독대 뒤 숲 쪽에 물 흐르는 곳이 있는데 알 낳으러 숲에 들어온 참게가 때마침 장독대 옆을 지나고 있어서 할머니의 눈에 띈 것이다. 얼른 잡아서 무와 양념을 넣고 토장과 함께 끓여 대접했더니 집안 어른이 몇 번이나 잘 먹었다고 하면서 칭찬과 덕담을 해 주고 갔다는 것이다.

틈이 나면 할머니는 살아오신 옛이야기들을 내게 잔잔하게 들려주셨는데, 마치 상상 속 동화 같기도 하고 고전 속의 어느 먼 나라 이야기 같기도 했다. 할머니 시대의 자연환경은 얼마나 맑고 깨끗하고 푸른지 그 또한 놀라웠다.

한번은 내가 어려서의 일인데 수박을 먹고 난 후였다. 할머니는 속을 다 파먹어서 바가지 형태가 된 수박의 겉껍질을 벗겨 내셨다. 초록의 껍질을 벗은 속껍질은 안쪽은 붉은 기운이 남아 있고 바깥쪽은 하얀 박속같았다. 그걸 편편이 썰어 수박 속껍질 나박김치를 담그셨다. 며칠 뒤 숙성이 된 김치는 제법 먹을 만했다. 식감이 아삭거리고 수박 향이 남아 있어 별미였다. 얼핏 보면 퇴비장에나 버릴 껍질까지 왜 먹느냐고 웃을 수도 있지만 별미를 만드는 기술, 그것은 어른들의 지혜였다.

퇴근하여 저녁을 먹고 설거지를 끝낸 후 잠자리에 누워 딸아이에게 책을 읽어 주다 보면 내가 먼저 졸음에 겨워 곯아떨어지고는 했다. 아이가 흔드는 바람에 다시 깨어 읽어 주던 책 속 옛날이야기도 모두 착한 주인공이 잘 산다는 권선징악이 주제가 되는 내용이었다.

나의 할머니는 책을 읽어 주는 대신 삶 속의 지킬 일들을 말씀해 주셨다. 신발을 신고 걸음을 걸을 때에는 발을 끌지 말아야 복이 새지 않으며, 밥을 씹을 때에도 소리를 내면 복이 달아난다고 말씀해 주셨다. 문지방을 밟으면 안 좋은 일이 생긴다며 문지방을 늘 조심해서 다니라고 일러 주셨다. 우리의 생활방식들은 늘 복을 받는지 아닌지와 관련이 있었다.

지켜야 할 것이 많아서 귀가 따갑고 귀찮았지만 그 옛이야기들은 내가 살아오는 동안 자양분이 되어서 성장기의 정서적 안정이 되었고 또 이 세대가 지나 삼 세대에 이르기까지 훌륭한 문학적 밑거름이 되어 주었다.

이제 삼 세대는 늙어 가고 사 세대가 청년이 되거나 결혼을 하였다. 내가 전해 주는 옛날이야기들은 머지않아 오 세대에게 전해질 것이다. 나의 후손들에게 들려줄 이야기들이 꿈을 꾸는데 부족함이 없도록 옛이야기의 소재나 주제가 오래도록 아름답고 건강했으면 좋겠다.

○

마지막 이사

나는 이사를 참 많이도 하고 산 사람에 속한다. 다니던 직장이 몇 년에 한 번씩 전근을 해야 하는 일이라서 더욱 그러했다. 지금까지 살면서 이사했던 집을 헤아려 보는 일이 가끔 있다. 지역도 다양하고 거주 형태도 다양했다. 이사를 많이 하다 보니 새로 이사한 집에서 살다 보면 또 어디로 이사를 가야 하나 하는 걱정 어린 궁금증과 호기심이 가슴 밑바닥에서 슬그머니 올라오고는 했다.

이사를 할 때마다 짐을 덜고 버리는 일을 해 왔지만 늘 짐이 줄어들지 않는다. 이사를 해 보면 쓰지 않는 물건이 왜 그리도 많은지 놀라기도 한다. 그중에 책이 많은 부분을 차지했다.

한번은 아이들도 어느 정도 성장했다 싶어서 어려서 읽던 책을 대거 정리하여 어느 단체에 기부한 적이 있었다. 그랬더니 어느 날 아들이 최인호 작가의 책『도단이』를 찾아내라는 것이었다. 사실대로 이사하면서 대거 정리했음을 밝혔다. 아들은 엄마의 잦은 이사로 자신의 추억도 조금씩 허공으로 사라지고 있다고 원망스러운 표정으로 말했다.

나는 그 책을 구해 주고 싶었다. 그래서 어느 날 책을 사다 주랴 하고 물었더니 아들이 어느 틈엔가 헌책방에서 구했으니 괜찮다고 말하는 것이었다. 참으로 미안한 일이었다. 아들의 말이 맞을지도 몰랐다. 잦은 이사를 하다 보면 무언가 빠져나가는 것이 눈에 띄기도 했다. 잃는 것이 많은 이사를 이제는 그만해야 할지도 모르겠다.

이 세상에서 살다가 다른 곳으로 이사를 가는 일을 우리는 '영면에 든다.'라고 말한다. 지인의 아버지는 태어나 살면서 단 한 번도 이사를 하지 않고 107세를 살고 태어난 집에서 세상을 떠났다고 들었다. 한집에서 100년을 넘게 살았다는 한결같은 마음이 존경스럽게 느껴졌다.

사람은 누구나 이 삶으로부터 영원한 이사를 한 번씩은 해야 하는 것을 알고 있다. 그런데 그 '정확한 때'라는 것을 그 누구도 모르고 산다. 신의 영역이기에 그런 것이다.

이번에 옮긴 집은 어쩌면 내 생애에서 마지막 집이 될 수도 있겠다는 생각이 든다. 직장을 퇴직했기에 더 이상 이사할 필요가 없어졌기 때문이다. 이 집에서는 잠을 편하게 잘 수 있다는 것이 제일 마음에 든다. 바쁠 것도 특별할 것도 없는 일상이 연속되기 때문이다. 마음이 편하니 잠도 잘 온다.

이 집의 장점은 많다. 동이 트면 망사커튼으로 아침 여명의 빛이 물든다. 그 시간이면 살아 있음에 황홀감을 느낀다. 이 집의 또 다른 장점이라면 앞면으로 멀리 있는 안산의 모습과 산 정상의 철탑이 보인다는 점이다. 말안장을 얹어 놓은 형상의 산이라니 그 산이 더욱 편안하게 여겨진다. 밤에는 철탑에서 반짝이는 불빛이 꼭 등대의 불빛처럼 보이기도 한다. 오늘 하루를 잘 마감하라는 뜻 같기도 하고 잘못 갔으면 다시 생각해 보라는 이정표같이 여겨지기도 한다.

부엌으로 난 넓은 창으로 서쪽 하늘이 한가득 보이는 것도 이 집의 장점 중 하나다. 글을 쓰다가 또는 차를 마시다가 파란 하늘을 마음껏 볼 수 있는 일은 참 기쁜 일이다. 서쪽으로 지는 해와 그 주변을 에워싼 붉은 노을을 바라보는 일은 하루 중 가장 행복한 순간이다. 나는 그 노을을 잘 보려고 창문을 가리고 서 있는 냉장고 하나를 과감하게 내다 버렸다.

서쪽 하늘을 바라보며 주문을 외면 서쪽에서 그 주문이 걸어온다는 이야기책을 떠올리고 한 행동인데 그러길 참 잘했다. 가끔 노을이 너무 아름다워 눈이 부시거나 가슴이 울렁거리면 강아지를 안고 함께 노을을 바라본다. 강아지는 색맹이라는데 그 노을을 오래도록 바라본다. 믿기지 않을 정도로.

그리고 서재로 쓰는 방 쪽으로 뚫린 창밖으로 보이는 서북쪽의 시가지와 북한산의 모습은 여기가 대도시인가 의심이 들 정도로 아름답고 보기가 좋다. 개발이 안 된 단층 주택이 모여 있는 동네를 바라보는 시간은 여유가 생긴다.

특히 서재에서 바라다보이는 카페가 하나 있는데 그 카페는 이층집 옥상에 테이블을 가져다 두고 그 테이블 사이마다 장대를 돛대처럼 세운 뒤 흰 천을 올려 그럴싸한 분위기를 연출해 두었다. 아무리 바라보아도 그 카페를 찾는 손님은 없는데 바람 부는 대로 나부끼는 하얀 천은 얼마나 눈부신지 나 혼자라도 그 카페의 흰 천에 불어오는 바람을 맞으며 차를 마시고 싶어진다.

이번에 이사한 집은 과히 성공적이다. 내가 바라는 동쪽 여명과 서쪽 노을과 그리고 나를 잡아 줄 안산의 꼭짓점이라는 필요조건을 충족시키기 때문이다. 그리고 내가 바라던 남향의 햇살은 하루 종일 거실 가득 놀러 와서 웃음 짓고 몰려다닌다. 무엇이 더 아쉽겠는가.

○

약장수의 비방

　한 직종에서 30년이 넘게 근무를 하다 보면 사람살이의 다양한 모습들이 시간에 따라 변모되고 있음을 들여다볼 수 있다. 30년 전에는 내가 근무하던 사무실로 할부 장사들이 많이 찾아왔다. 제날짜에 규칙적으로 봉급을 타는 월급쟁이들을 상대로 물건을 팔고 그 값을 10개월이나 12개월로 나누어 받는 것이 그 당시 유행하는 상업 방식이기 때문이었다. 월급을 받는 일명 샐러리맨들은 물건을 구입하는 데 한꺼번에 목돈을 들이지 않아 좋고 할부 장사들은 그 물건을 쉽게 팔아서 좋으니 누이 좋고 매부 좋은 식의 거래가 성사되었다.

　어려서 내가 사는 마을에는 할머니 연세 정도의 친구 중 한글을 깨우친 분은 많지 않았다. 나의 할머니는 1900년도에 소학

　　　　　　　　　　　　　사막에서 온 눈물

교를 다녀서 일찍 국문을 뗀 신여성이었다. 할머니는 예배당이 끝나면 친구들과 집에서 모여 시간을 보내셨다. 그때마다 내게는 성경 이야기책을 큰 소리로 낭독해야 하는 임무가 주어졌다. 귀찮은 일이었는데 읽을 양이 많다고 떼먹을 수는 없었다. 할머니가 글을 아는 분이라 이야기의 어느 부분을 읽고 있는지 알고 있었기 때문이었다. 성경을 읽는 것은 나에게 지루하고 어려운 일이기는 했지만 좋은 영향을 주었다. 나는 읽으면서 성경의 이치를 조금이나마 깨우쳤다. 어린 손녀에게 글 심부름을 시키면서 독해력이나 문장력을 깨우치게 하려는 할머니의 조기교육 방식 덕이었을 것이다.

성경 이야기 중 기억에 남는 것이 있는데 그것은 '지금 누군가 당신의 방문을 두드리며 도움을 청하거든 그가 예수 그리스도라 여기고 도움을 주라.'는 내용이었다. 석가의 명상 주문 만트라에 나오는 '누가 당신에게 도움을 요청하거든 신이 존재하지 않는 것과 같이 나가서 도우라.'와 똑같은 의미였다. 그 문장은 알게 모르게 나의 정신세계를 지배했다. 어릴 적 환경적인 면이 개인의 가치관과 인생관에 영향을 미치게 되는 예라고 볼 수 있다.

대학을 다닐 때였다. 같은 과 선배의 소개로 창작과비평사에서 나온 세계문학 전집을 할부로 산 적이 있다. 굳이 안 사도 되는 일이었는데 책을 파는 사람의 방문이 예사 방문이 아니라고 느낀 까닭 모를 이유로 사게 되었다. 책을 사는 일은 나의 문학을 사랑함에 대한 증표나 마찬가지라는 생각에서 덥석 용기 있는 결단을 내렸다. 용돈을 받아 쓸 때라 그 책의 할부 값을 갚는 일이 힘이 들었다. 하지만 책꽂이를 쳐다보면 밥을 먹지 않고도 배가 불렀다.

그 이후 직장 생활을 하면서 할부제도를 이용한 물건 사기는 쉬지 않고 이어졌다. 나의 직장으로 찾아오는 할부 장수가 있으면 예수 그리스도가 찾아오기라도 한 양 거절하지 않고 반겼다. 할부 장수가 물건을 팔지 못하면 그 딸린 가족이 굶을까 하는 생각에 정도를 넘은 동정이 일었다. 그런 내 모습을 보고 동료나 친구들은 '귀가 얇다, 팔랑귀를 가졌다, 할부 장수를 먹여 살린다.'며 나의 충동적 물건 구매욕을 비난하기도 했다. 남이야 뭐라고 하든지 말든지 나는 참 많이도 할부 물건을 사들였다. 이상하게도 월급에서 나가는 할부금의 무게는 그리 크게 느껴지지 않았다.

월급으로 산 첫 번째 할부 물건은 한국 도자기 그릇 세트였다. 그릇의 재질도 좋고 디자인도 깔끔해서 마음에 쏙 들었다. '결혼 살림 장만으로 이만한 것이 없을 것'이라는 말이 무엇보다도 신뢰가 갔다. 아닌 게 아니라, 그릇 세트는 거의 십 년 이상을 나의 부엌에서 그 기능을 충실히 해서 '본전을 뺐다.'는 말이 딱 들어맞을 정도였다.

두 번째 할부로 물건을 산 것은 요리 백과 책 세트였다. 한국 요리, 양식 요리, 잔치 음식이 천연 컬러 사진과 함께 튼튼한 종이 재질로 만들어진 책이었다. 그 책은 심심할 때면 읽어서 거의 외울 정도였는데 이상하게도 내가 요리를 하고 나면 나의 요리에서는 감칠맛이 나지 않았다. 그러니까 타고난 손맛이 있어야 일품요리가 완성된다는 말이 맞는 말이었다.

세 번째 할부 물건은 세계 미술 대백과였다. 총천연색으로 서양 미술 역사의 고대부터 현대까지의 그림 사진과 설명이 든 책 세트였는데 크기가 커서 책꽂이에 꽂아 둘 수가 없었다. 책 세트를 벽에 세워 두어야 할 정도였다. 그 그림을 보면서 자녀 중에 하나 정도는 좋은 영향을 받아 화가가 되었으면 하고 바랐는데, 나의 바람대로 되지 않은 걸 보면 그림 실력도 타고나지 않고서는 안 되는 분야인 모양이었다. 그림의 영향은 내가 받았다고 보아야 옳다. 시나브로 책에 나온 화가나 미술사를 들여다본 덕인지 지금도 어디를 지나다 내가 아는 그림이 나오면 박수 치며 알은척을 한다.

그다음 물건은 이동식 인덕션 전기레인지였다. 그 당시는 가스레인지가 부엌 열 조리기구의 선두 주자였기 때문에 인덕션 레인지 사용은 실험 단계의 시기에 서 있었다. 당연히 일반 가정에서 활용도가 떨어지는 물건이었다. 누구라도 그 물건을 산다는 것이 잘하는 일이 아닌 것을 알고 있었다. 사실 그 물건은 내가 직접 산 것은 아니었다. 동료가 사 놓고는 집에서 알면 큰일이라며 나를 보고 구원해 줄 것을 간절하게 청하여 내가 억지로 떠안게 된 것이었다.

그렇게 산 물건들은 어떤 것들은 긴요하기도 어떤 것들은 소용이 닿지 않기도 했다. 오랜 시간이 지나며 다른 사람에게 주기도 하고 닳기도 하고 창고로 밀려났다가 버려지거나 하여 지금은 남아 있는 것이 하나도 없다. 할부 장수의 청을 뿌리치지 못해서 산 것은 사실이지만, 물건을 살 때만큼은 즐겁고 나름대로 이유가 있었다. 그 이후로도 나는 많은 할부 장수들한테 물건을 사기를 쉬지 않았다.

물건을 팔러 오는 사람들도 제각각이었다. 젊은 사람도 있고 나이가 지긋한 사람도 있었다. 남자도 있고 여자도 있었다. 그중에 유난히 기억에 남는 할부 장수가 하나 있다.

어느 늦가을이었다. 초로의 여인이 나를 찾아와서는 내 얼굴을 관상 보듯 유심히 보는 것이었다. 그러고는 자녀가 어떻게 되는지를 물었다. 나는 착한 학생처럼 '딸 하나 아들 하나를 두었다.'고 대답했다. 그랬더니 건강기능식품 종류의 약을 팔려고 왔던 그 약장수는 '자식 중 하나가 크게 풀리겠다.'고 말을 하는 것이 아닌가. 어떻게 했겠는가. 들으나 마나 한 대답이다. 나는 그 약을 사지 않고는 견딜 수가 없었다. 지금 생각하면 그런 방식으로 손님들의 귀를 솔깃하게 만든 후 물건을 파는 작전이었을 텐데, 이상하게 알면서도 넘어가는 나를 스스로 막지 못했다.

그 약장수에게 약도 샀지만 나는 비방을 하나 받은 것에 기분이 좋아졌다. 가만히 앉아 있는 어느 날 갑자기 '자식이 크게 풀릴 거라는 예사롭지 않은 처방'을 받기가 어디 그리 쉬운 일인가. 약의 가격이 비싸든지, 싸든지, 효능이 좋든지, 아니든지 그것은 그리 중요하지 않았다. 약은 집안 어른이 잘 복용하였으니 문제 될 것이 없었다. 또 자식 중 언제인지, 누구인지는 모르지만 크게 된다는 비방으로 자존감과 자신감이 높아졌으니 그야말로 효과 만점이었다.

지금 생각해도 신기한 일이다. 확률적으로 사람이 살면서 그런 약장수의 비방을 듣기란 그리 쉬운 일이 아니기에. 내 주변에 약장수의 비방을 들었다는 친구나 지인을 만난 적이 없으니 말이다. 어떤 이는 확률적으로 적중하기 쉽지 않은 그런 비방을 믿는 것은 어리석다고 말할 수 있다. 하지만 나는 그 약장수의 비방을 아주 잘 들었다고 생각한다. 그리고 그 순간 나는 신께 빌었다. 크게 될진대, 물질 또는 재산이 아닌 정신적 가치나 인품이나 성정이 큰 사람이 되게 해 달라고.

그리고 자식들에게 이른다.

"얘야, 너는 크게 풀릴 인물이란다."

그 비방은 아직도 유효하다.

○

보이지 않는 날개

내가 대학에 다닐 때의 일이다. 친한 친구로부터 어디에 좀 가자는 연락이 왔다. 처음으로 맞는 방학이라 좋은 데라도 놀러 가자는 반가운 연락인 줄 알았더니 아르바이트 자리가 있으니 함께 B사 사무실에 가 보자는 거였다. 썩 마음에 내키지 않지만 아르바이트로 용돈을 벌자는 친구의 계획이 꽤나 귀를 솔깃하게 만들었기에 나는 친구를 따라나섰다.

그 당시는 우유를 오늘날처럼 슈퍼마켓이나 시장의 가게에서 쉽게 살 수 있던 때가 아니었다. 우유회사에 주문을 한 뒤 가정으로 배달을 시켜 먹던 때였다. 그래서 우유 신청을 받아 가는 일에 일당을 받는 그 일은 용돈이 필요한 대학생한테까지

일거리가 되었던 것이다.

　다른 친구들도 비슷했겠지만 나는 늘 용돈이 부족했다. 책을 산다고 하며 타 낸 용돈으로 옷도 사 입고 화장품도 사고 또 놀러 다녀야 했다. 그러기엔 더 많은 용돈이 필요했다. 학교에서 지급한 학비 보조 수당마저 책값으로 썼다며 핑계를 대고 용돈에 합쳐 써도 왜 그리도 용돈은 부족하기만 하던지.

　하지만 친구를 따라나서서 처음 하는 돈벌이는 생각처럼 쉽지 않았다. 사교성이 보통 이상으로 좋지 않고는 우유 판촉을 하기가 쉽지 않을 정도로 세상이 호락호락하지 않았다. B회사 로고가 인쇄된 플라스틱 쟁반을 사은품으로 주는 판촉 활동이었는데, 천만다행으로 요즘처럼 플라스틱제품이 넘쳐나는 시절이 아니어서 그 일이 가능했다. 가가호호 방문하여 우유를 먹으면 선물을 주겠다고 주문받는 일은 참 쑥스럽고 어려웠다.

　아는 사람을 찾아가는 것도 한계가 있는 일이었다. 얼굴을 봐서 억지로 주문받는 것도 민망한 일이고, 또 찾아갔는데 우유 신청을 못 받을 경우는 서로 어색한 사이가 되기 때문이었다. 지나가다가 대문이 열린 집을 보면 그냥 'B회사 우유 시켜 드세요. 사은품으로 쟁반을 드립니다.' 하고 녹음기 속의 테이프가 돌 듯 외치는 것이 보통 민망한 일이 아니었다.

　어느 집 앞을 지나칠 때였다. 마당에 있는 쓰레기를 쓸며 부부 싸움 뒤의 남편 욕을 하던 어느 새댁이 플라스틱 쟁반을 하나 달라면서 우유도 신청하겠다는 것이 아닌가. 별 기대 없이 지나가는 길에 우유 신청을 받은 나는 '그날 하루에 무슨 일이 벌어질지 참 알 수 없군.' 하고 중얼거리기도 했다.

한번은 유등천변을 지나고 있었다. 당시는 아파트가 많이 지어져 있는 시대가 아니었다. 개인 주택이 많았다. 길에서 지나다 집의 생김으로 그 집에 사는 사람도 미루어 짐작했다. 꽃이 잘 가꾸어진 화단이 있고 마당엔 잔디가 깔린 집이었다. 하얀 진돗개까지 있는 풍경으로 보아 가풍 있어 보이는 집이었다. 나는 스스로의 판단으로 우유 판촉에 대한 희망을 부풀리며 벨을 눌렀다.

노부부가 사는 집이었다. 영감님은 퇴직하신 교육자였고 부인으로 보이는 얌전한 안주인은 마침 점심 식사 준비를 하는 중이었다. 그들은 내가 대학생이고 용돈을 벌려고 우유 판촉을 한다는 말을 듣고 칭찬의 인사를 건넸다. 멀리 외국으로 유학 가 있는 손녀가 떠오른다면서. 그 손녀에 대한 그리움을 삭이려는 것이었는지 식사를 함께하자고 청했다. 나는 사양하는 것도 무례하다는 생각에 응했고, 우리의 대화는 다정한 조손 사이처럼 자연스러워졌다.

나 역시도 그 어른들이 돌아가신 할아버지, 할머니처럼 느껴져 마음이 편안해졌다. 유기그릇에 차려진 음식 맛도 정갈하고 품위 있는 식탁이었다. 잠시지만 그분들의 손녀딸이 된 것

　　　　　　　　　　　　　사막에서 온 눈물

이 무척이나 행복했다. 노인들이라 우유는 신청하지 않았지만 나는 그날 식사 대접과 친절함에 큰 감동을 받았다.

지나가는 길손에게 식사를 대접하는 일이 공덕을 쌓는 일이라고 믿던 과거였기에 가능한 일이었겠지만, 내가 아르바이트를 하지 않았다면 못 겪을 일이었다. 그 노부부는 내게 종종 놀러 오라는 말까지 했다. 그때만큼은 아르바이트하기를 잘했다는 생각이 들었다.

헤어질 시간이 되어 나는 친절한 초대에는 턱없이 부족한 플라스틱 쟁반을 하나 드리고는 깍듯이 작별 인사를 하고 그 집을 나섰다. 그 노부부는 타인을 위한 커다란 날개를 가진 사람들이었다. 나는 잠시 그 날개 밑에서 쉬어 갈 수 있었다.

나는 그 이후로 그 노부부를 찾아갈 여유를 갖지 못했다. 학업을 마치고 취업을 하느라 그 도시를 떠나 살아야 했기 때문이었다. 하지만 그 노부부의 날개가 간간이 떠올랐다. 살면서 타인의 날개를 만날 때가 있는데 나는 인생 초년에 그 노부부의 날개 밑에서 마음의 휴식을 느껴 보았다.

내가 아는 작은 날개를 가진 아이가 있다. 그 아이는 강을 건너서 우리나라에 왔다. 우리나라의 강들이야 튼튼한 다리가 놓여 있어 차로 얼마든지 쉽게 건널 수 있다. 하지만 그 아이는 같은 민족인데 어렵게 물살을 헤치며 강을 건넌 아이이다. 젖니가 빠진 모습으로 웃을 때면 잇몸이 만개하는 천진난만한 얼굴을 가진 아이의 이름은 강군이다. 강한 군대라는 뜻을 가졌다. 여섯 살에 엄마 등에 업혀 두만강을 건너 중국으로 가서 숨어 지내다가 한국으로 오게 된 강군이는 한국에서 새아빠를 만나 다시 가정을 이룬 북한에서 온 아이였다. 그리고 내가 근무하던 학교로 전학 와서 공부하게 되었다.

강군이가 학교에 처음 오던 날, 북한에서 남한으로 와서 살게 된 '새터민'을 보려고 전교생이 강군이가 있는 교실로 구경을 왔다. 하지만 모두 실망하고 돌아갔다. 보통 아이들과 구분하기 어려운 외모에 아무런 특징도 없었기 때문이었다. 무언지 잔뜩 기대했다 모두들 실망하는 것을 보았다. 탈북 학생이라고 머리에 도깨비 뿔이라도 달려야 할 것처럼 편견을 가져서 그랬을 것이다. 그래서 우리의 모습과 너무나 닮은 평범한 모습에 실망한 것은 아니었을까.

강군이가 전학 왔을 때 학급의 학생들은 한창 운동회 무용 연습을 하고 있었다. 한 달이나 늦게 단체 무용에 합류한 강군이가 순서를 외우고 잘 따라 할 수 있을지 걱정을 했는데 결과는 정반대였다. 강군이는 예리한 눈빛으로 다른 아이들의 모습을 열심히 지켜보더니 일주일 후에는 제일 잘하는 학생으로 변해 있었다.

무엇이 이 아이를 저토록 열심히 하도록 만들었는가. 강군이는 이미 어린 나이부터 절실함이 몸에 배어 있는 아이라서 그랬을 것이다. 그 아이가 강을 건널 때의 상황은 자칫하면 죽을 수도 있다는 위험이 전후좌우로 도사리고 있었을 것이다. 그 절실함이 강군이를 강을 건너게 했고 또 한 달이나 뒤처진 무용 연습을 따라잡을 수 있게 했을 것이다.

강군이의 겨드랑이에는 새로운 시작이라는 날개가 움트고 있었다. 나는 그 아이의 날개가 꺾이지 않기를 바랐다. 그 날개야말로 강군이가 살아가면서 자신을 위한 파닥임을 할 날개이고 또 타인을 위한 날갯짓이 될 테니.

우리는 누구나 보이지 않는 날개를 가지고 있다. 그리고 그 날개가 가진 영향력은 실로 놀랍도록 대단하다.

○

춤이 가져다준 변화

아프리카 어느 부족에서는 우울증에 걸린 사람이 있으면 세 가지 질문을 한다고 한다. 첫 번째 질문은 마지막으로 노래를 부른 것이 언제인가, 두 번째 질문은 자신의 이야기를 한 것이 언제인가. 마지막 질문은 지상파 방송의 퀴즈 프로그램에 나왔던 질문이다. 무엇이겠는가? 독자들도 한번 생각해 보는 시간을 가져 보시기를 권해 본다. 퀴즈 참가자들은 생각을 모은 끝에 '마지막으로 춤춘 것이 언제인가?'를 답으로 냈고 정답이었다.

춤이 부족의 생활과 정신건강에 얼마나 긴밀한지를 알 수 있는 질문이었다. 비단 아프리카 부족뿐만이 아니다. 인류는 원시시대부터 모닥불을 피워 놓고 원을 그리며 노래를 부르고 빙빙 돌며 춤추면서 신과 소통을 했다. 그렇게 춤을 추면서 그들의 문제를 풀었던 것이다. 어느 부족은 장례식을 치르는 날도 춤과 노래로 그들만의 슬픔을 표현한다고 한다. 절대 미개해서가 아니라 원시시대의 표현 방법을 고수하려고 따르는 것이 아닐까 여겨진다.

일본 영화 중에 〈쉘 위 댄스〉라는 영화가 있다. 무기력증에 빠진 중년의 샐러리맨 '스기야마'라는 주인공이 어느 날 호기심에 댄스 교습소를 찾아가면서 영화는 시작된다. 스기야마는 몸을 움직여 춤을 추는 과정에서 순수한 즐거움을 발견하게 된다. 그뿐만 아니라 주변 사람들까지 변화시키는 놀라운 능력이 춤 안에 있음을 깨닫고 새로운 사람이 된다는 내용이다. 20년 전 영화인데 다시 보게 되면서 느낀 감정은 '사람은 춤을 추며 살아야 한다.'는 것이었다.

그 영화의 영향을 받는지 우리나라에도 댄스스포츠 교실이 붐처럼 일어났고, 그 여파로 방학 때면 여러 대학에서 평생교육 프로그램의 일환으로 강좌를 개설해 유명 강사를 초빙해서 가르칠 정도였다. 나도 그 연수에 참석하여 배우게 되었다. 순수한 즐거움뿐 아니라 원시 부족들이 염원하던 지상의 안전과 번영을 기원하는 에너지를 나 역시 그 활동을 통해 느꼈다. 인류의 핏줄 속에 녹아 있는 기운을 새삼 느끼며 열심히 다니게 되었다.

그 일은 놀라운 변화를 가져왔다. 내 안에 조금이나마 들어와 괴롭히던 정신적 괴로움이 눈 녹듯 사라졌다. 그 시간을 즐겁게 기다리며 열심히 참여하는 나 자신을 발견하게 된 것이다. 춤곡으로 쓰이는 음악을 흥얼거리며 따라 하고 발 스텝을 틀리지 않으려 순서를 외우고 연습하면서 자아 성취의 기쁨을 찾기도 했다.

원시시대나 현대나 인류는 노래와 춤으로 지상의 안녕을 갈망하고 있었나 보다. 그렇게 즐거움을 느끼고 살다가 지금은 직장 퇴직과 이사 등의 핑계로 춤을 멈추었다. 춤을 멈춘 결과라서인지 몸에 병이 찾아왔다. 아무래도 다시 춤을 시작하라는 신호인 것 같다.

○

군인캠프와 라면

군용트럭 다섯 대가 신작로 위에 뿌연 먼지를 일으키며 달려왔다. 어디론가 계속 달려갈 것 같은 트럭이 우리 동네에 멈춰 서자, 어린 나와 친구들은 세상에서 가장 신기하고 재미있는 구경거리를 발견한 양 그 주변으로 모여들었다. 덩치가 큰 탱크 같기도 한 트럭을 얼기설기 그물로 가린 모양이 여간 무서운 게 아니었다.

트럭 안에는 서울로 돈 벌러 간 삼촌 얼굴을 닮은 군인들이 가득 앉아 있었다. 전쟁을 겪지는 않았지만 우리는 맹수를 본 순한 짐승처럼 색깔과 모양만으로도 위험을 직감했다. 그래서 가까이 다가가지 못하고 혹시나 바람에 묻어 올 냄새라도 맡아 볼까 하고 검게 탄 얼굴을 기울이며 흥분을 가라앉히지 못했다.

맨 앞의 지프차에서 대장쯤으로 보이는 사람이 내리자 우리의 걱정 어린 눈동자는 일제히 그 사람에게 쏠렸다. 그는 내가 사는 집으로 걸음을 옮겼다. 그러자 동네 아이들은 '너 혹시 무슨 잘못이라도 했지?' 하고 따지는 표정으로 나를 노려보았다. 짧은 시간 동안 겁을 먹었지만 한국 군인에게 잘못을 한 일이 없었기에 나는 '우리 집안의 어른 중에 누군가에게 상을 주러 온 것은 아닐까?' 하는 엉뚱한 생각을 스치듯 잠깐 했다.

하루 전까지만 해도 '반공을 해야 한다'고 열 장이나 되는 원고를 외워서 웅변대회에 참가했던 나 같은 착한 학생을 칭찬하려고 왔다고 믿는 편이 마음이 더 편했다. 하지만 그러기에는 말도 안 되게 거창한 군인의 수였다. 전쟁이 끝난 지 10년 이상이 지났지만 남과 북은 강한 대립 구조를 이루고 있었고 우리가 받는 교육도 반공을 기초로 한 것이었다. 바로 하루 전날까지도 나는 학교에서 공산당이 싫다고 목청껏 소리를 질러 댔다.

놀란 가슴도 잠시, 마당에서 할머니와 이야기를 나누는 군인 대장을 발견할 수 있었다. 또 어머니도 나와서 할머니 옆에 서 있었다. 모두가 고개를 끄덕이는 걸로 봐서 무슨 일이 벌어질 것만은 확실했다.

잠시 후 마당의 화덕에 장작불이 타오르고 큰 솥이 물을 가득 담은 채 올려졌다. 옆 집 화덕도 빌려 와야 했다. 그릇과 바

사막에서 온 눈물

가지와 젓가락들도 소쿠리 가득 담겨서 마당의 멍석 위로 대령되었다. 무슨 일인지 궁금하고 걱정이 되어 나는 할머니께 여쭈어보았다.

"할머니 무슨 일이에요?"

그랬더니,

"우리 집 마당 위에 군인캠프가 차려지고 있는 거란다."

고 말씀해 주셨다. 그사이 김이 오르고 뜯겨진 봉지에서 나온 구부러진 국수 뭉텅이들이 알 수 없는 가루와 함께 솥으로 연신 들어갔다.

대장의 지시에 따라 구불국수가 국물과 함께 사발에 담겨 군인들 앞으로 차례차례 놓여졌다. 군인들은 호두까기 인형들처럼 말없이 열을 맞추어 앉아서 구불국수를 먹었다. 그걸 끓인 동네 사람들도 구경하던 아이들도 모두 구불국수를 한 그릇씩 얻어먹었다.

나는 입에 넣었던 구불국수를 맛보고 심하게 비위가 약해짐을 느꼈다. 그동안 멸치국물에 말아 먹던 개운하던 국수와는 맛이 너무도 달라서였다. 느끼하고 이상한 냄새가 나는 초창기 한국 라면 맛이 시골 소녀에게는 그만큼 생경스러웠던 것이다.

사건의 경위는 군인들이 이동을 하다가 우리 마을을 지나게 되었고, 신작로에서 가깝고도 마당 넓은 우리 집에서 베이스캠프를 치고 식사와 휴식을 취한 거였다. 군인캠프가 차려졌지만 어린 가슴에게는 너무나 무서운 체험이었다. 그리고 이상한 맛을 보여 주었던 구불국수는 바로 '라면'이라는 것을 나중에야 알게 되었다.

어려서는 라면 봉지를 뜯어 라면을 꺼내 부순 다음 그 봉지에 다시 넣어 스프 가루와 함께 넣고 윗부분을 잡고 새어 나오지 않게 흔들어서 버무려 먹는 것이 유행하던 시절도 있었다. 라면에 스프의 매콤하고 달짝지근한 감칠맛이 묻으면 중간에 먹는 일을 멈출 수가 없었다.

애주가인 지인 하나는 술 마시고 다음 날 해장이 마땅치 않을 때 쉽게 찾는 것이 바로 라면이라며 늘 라면을 예찬한다. 나역시 여행 갈 때 컵라면을 여러 개 구입해서 봉지를 벗기고 컵은 컵대로 내용물은 내용물대로 봉지에 담아 부피를 줄여서 라면을 준비하곤 한다. 어린 날 군인캠프에서 맛보았던 향수를 떠올리게 하는 그 멜랑꼴리하면서도 특이한 라면 맛을 추억하기 위함이다.

○

가죽가방 속 오래된 사진

미국으로 이민 가신 삼촌은 사진 찍기를 좋아하셨다. 지금 남아 있는 어린 시절의 가족사진 대부분은 삼촌이 젊어서 찍어준 흑백사진이다. 그런데 그 사진 속의 배경이 되는 모습들은 개발 전의 한국의 자연미가 들어 있어서인지 참으로 정겹다. 정리되지 않은 지붕과 야산, 금모래톱이 넓게 펼쳐져 있는 냇가, 야생화가 아무렇게나 자라 있는 산길과 밭의 모습들이 사진 속에 담겨 있다.

삼촌은 결혼할 예비 숙모를 시골에 소개하러 데리고 왔을 때에도 카메라를 메고 와서 사진을 많이 찍었다. 소나무 옆에 볏짚가리가 쌓인 풍경이나 호박잎에 둘러싸인 돌담 등의 농촌 풍경들을 담아 숙모의 사진을 찍곤 했는데 나와 바로 밑의 남동생은 피사체로 그 사진 속에 들어갔다. 그러니까 숙모가 주인공이고 우리는 보조 역할을 하는 시골 아이인 셈이었다.

그 사진 속에서 순박하게 웃던 우리 남매의 얼굴은 아직까지 눈을 감아도 선명하게 떠오른다. 사진을 찍을 때는 울거나 찡그리면 안 된다고 배워 우리는 사진 속에서 늘 배시시 웃었다.

사진을 찍는 일은 미개한 호모 사피엔스를 문명의 세계로 한순간에 이동시켜 주는 묘한 매력을 지니고 있었다. 그래서 우리는 모델이 되는 것을 주저하지 않았다. 측백나무 울타리 옆에 서서 사진을 찍었고, 어미젖을 떼고 마루 밑에서 기어 나오는 강아지 앞에서, 그리고 칸나꽃이 붉게 핀 화단 가에 서서 사진을 찍기도 했다.

난 그 영향 때문인지 사진 찍기를 좋아했다. 중학교 다닐 때에는 학교 전속 사진사 아저씨가 있어서 우리의 행사나 공부하는 모습들을 따라다니며 사진으로 찍어 저렴한 값으로 팔았는데 우리들은 사진사 아저씨를 친근하게 여겼다. 우리들이 추억을 곱게 간직하는 데에 공이 크신 분이었다. 동창생의 아버지였는데 이제와 생각해 보니 사진을 찍어 돈을 벌려는 것이 아니고 딸 곁에 머물고 싶어 사진 찍는 일을 핑계 삼아 학교에 온 것이 아닌가 여겨진다.

내가 다니던 여고 앞에는 필름 현상소가 있었다. 그 집에서는 카메라를 대여해 주기도 했기에 나와 친구들은 카메라를 빌린 후 기차를 타고 부산 태종대라는 먼 곳으로 사진을 찍으러 갔다. 사진은 핑계고 놀러 가는 일이 더 즐거워서 친구들과 기차를 탔을 것이다.

바위 위에서 폼도 잡고 사진도 찍고 정신없이 깔깔거린 후였을 것이다. 바위 옆에 놓아 둔 카메라가 없어진 것을 알게 되었다. 카메라는 그 당시에도 귀중품이어서 잘 관리해야 했는데 눈 깜짝할 사이에 잃어버리고 말았다. 현상소 주인에게 카메라 값을 변상해 내고도 나와 친구들은 사진 찍고 그걸 인화하여 각자 나누어 갖는 일을 멈추지 않았다.

그 후로도 나는 사진을 좋아했다. 대학 생활을 하면서도, 직장에 근무하면서도, 그리고 결혼하여 육아를 하면서도 늘 카메라를 손에 들고 다니며 사진을 찍었다. 필름을 사고 그 필름을 갈아 끼우는 일도 능숙하게 했다. 그리고 그 필름을 사진으로 인화하여 앨범 만드는 일에도 열심을 기울였다.

사진을 빼서 사진 속에 나온 사람들에게 선물하는 것이 친목을 위한 인간관계의 과정이었다. 자신의 역사를 사진으로 남기는 일이 어쩌면 자신의 역사를 잊지 않으려는 인간의 놀라운 기록 욕망인지도 모를 일이었다. 사진을 찍고 남기고 앨범을 만들기를 멈추지 않은 지난날을 되돌아보면 자신을 사랑하는 방법은 여러 방면에서 나타남을 알 수가 있다.

그런데 앨범을 만드는 일도 한계가 있었다. 그래서 앨범에 다 들어가지 못하고 남은 사진들은 따로 모아 보관하게 되었다. 나에게는 오래된 사진들이 큰 가죽가방으로 한가득 모아졌다. 앨범에 들어가지 못하고 밀린 사진들이었다. 그 사진은 차곡차곡 가죽가방에 쌓인 채로 지금 창고에 보관 중이다.

요즈음은 카메라로 직접 사진을 찍는 일도, 필름을 갈아 끼우는 번거로움도 사라진 지 오래다. 휴대폰으로 사진을 찍어 컴퓨터 폴더에 사진을 저장할 수 있기 때문이다. 나처럼 사진이 가득 담긴 가죽가방에 대해 고민할 일이 없어진 시대가 온 것이다.

하지만 최첨단의 방식에 익숙하지 않은 나는 아직도 오래되고 낡은 사진이 든 가죽가방을 꺼내러 창고로 걸음을 옮긴다.

사막에서 온 눈물

○

바다가 보이는 풍경

뱃고동이 울리는 소리를 듣고 달려 나갔다. 배에 오르기도 전에 선장은 내 가방만 싣고 닻을 올리고 키를 돌려서 떠나고 있다. 나는 오금이 저려 온다. 헤엄을 쳐서라도 저 배를 잡아야지 하는 생각에 바닷물에 뛰어든다. 에메랄드빛 바다는 너무 찬란하고 투명하여 그 아래 산호섬이 훤히 보인다. 배는 멀어지는데 산호섬이 놀다 가라고, 구경하고 가라고 나를 부른다. 바닷물이 너무 차갑다. 추워서 수영을 하기 어렵다. 아, 어쩌지, 이 일을 어쩌면 좋지.

꿈이었다. 그곳을 떠나와 살면서도 1년 동안은 그곳의 꿈을 꿨다. 바다가 나오고 항구가 나오고 거리가 나오고 살던 집의 방과 마당이 나온다.

앞서가는 아들은 무거운지 숨을 몰아쉬며 쥐치가 산더미처럼 쌓인 리어카를 끌고 간다. 뒤에서 리어카를 미는 어머니는 땅에 떨어지는 쥐치를 리어카 위로 던져 올린다. 생선은 미끄러져 또 땅에 떨어진다. 쥐치가 풍년이다. 한두 마리 정도 땅에 떨어지는 것은 주워 담기도 귀찮을 정도로 생선이 지천이다.

동해안 거진항은 명태가 유명한 항구였는데 더 이상 명태는 안 나오고 이제 막 잡히는 어종으로는 오징어와 쥐치가 주종을 이루고 있다. 어판장에서는 동네 아낙들이 죽별골 사는 머구리 필구 씨가 아랫집 입분이와 눈이 맞아 도망을 간 이야기를 하며 오징어 내장을 빼고 있었다. 그렇게 항구는 바삐 돌아갔고 그 항구에 일하러 모여든 사람, 그 사람들의 자녀들이 다니는 학교에 나는 첫 발령을 받게 되었다. 아이들은 많았다. 한 학급에 삼십 명이 넘었고 반도 여러 반이었다.

오징어의 힘인지 쥐치의 힘인지 모르지만 모두 건강하였다. 나는 그때 비릿함이 절반 이상인 바다 냄새의 영향을 받았는지 지금도 오징어와 쥐치포를 좋아한다. 글을 쓸 때 키보드 옆에 가닥가닥 찢어진 구운 오징어 접시가 있기라도 한 날이면 손가락이 날아갈 듯 가벼워진다.

그해 어느 가을날, 우리는 큰길가에 모두 나가서 태극기를 흔들며 박수를 쳤다. 어디서부터 시작이고 끝인지 모를 줄이었

사막에서 온 눈물

다. 88올림픽이 서울에서 열리고 내가 근무하던 곳의 바닷가 해안도로 위로 성화를 봉송하는 사람이 달려간다는 것이었다. 그 성화는 그렇게 전국을 돌아 올림픽 경기장의 성화대까지 옮겨 가 점화된다고 했다. 그래야만 올림픽이 시작된다는 것이다. 우리는 행여 응원이 부족해 성화 주자가 멈출세라 힘껏 박수쳤고 손 태극기를 흔들었다. 다행히도 무사히 성화가 점화되었다고 들었다. 우리가 응원했던 박수 소리가 꽤나 힘이 넘쳤던가 보다.

동해의 바닷바람이 얼마나 세던지 자고 일어나 방을 닦으면 밤사이 창문 틈으로 들어온 모래가 한 주먹이나 나왔다. 그런 곳에서 나는 인생의 초년을 앓으며 보냈다. 학교가 언덕배기에 있어서 교실 유리창으로 보이는 쪽빛 동해의 넘실거리는 파도를 실컷 바라볼 수 있었다. 바다를 바라보는 일은 그지없이 슬펐다.

나는 고향 집과 고향 사람들이 그리웠다. 하지만 고향을 가는 일도 누군가를 만나는 일도 쉽지 않았다. 고립된 생활이었다. 그래서 1년만 살고 그 고립에서 벗어나기로 마음먹었다. 나는 그곳으로부터 직장을 옮기고 이사도 나왔다. 그런데 그 푸르던 바다도 나를 따라 함께 왔던가 보다. 나의 꿈속으로. 아직까지 그 바다는 나의 꿈속에 살아 있다. 나는 그 후로도 바다가 고향인 것처럼 바다를 찾았다. 마음이 울적하거나 답답하면 바다를 찾곤 했다.

한번은 여고 친구들끼리 모여 바다가 보이는 아름다운 풍경을 마음과 눈에 담으려고 팔라우라는 섬나라의 롱비치에 간 적이 있다. 그곳에서 나는 극한의 체험을 하고 왔다. 지금 생각해 보면 무모하기 짝이 없던 일이었다. 바다를 좋아만 했지 진정으로 모르고 덤벼든 행동이었다. 나는 평소 오리발 없이도 자유자재로 수영을 하곤 했는데 그 실력만 믿고 태평양 한가운데에서 수중 잠수를 강행하였다. 호흡법이나 다이빙 기술도 제대로 숙지하지 못한 채.

일행들을 따라 들어간 바닷속은 불 아닌 물로써 심판을 받는 연옥이나 마찬가지였다. 이대로 죽을 수도 있겠다는 생각에 눈앞이 캄캄해졌다. 산소통에서 나오는 기체는 나의 목을 너무 가쁘고 아프게 만들었고 가슴 한쪽에 빨래 쥐어짜는 것 같은 고통까지 느껴졌다. 마지막 숨을 힘겹게 쉬었을 때 물 밖으로 나가라는 신호가 보였고 나는 오리발을 있는 힘껏 내저으며 떠올랐다. 내 머리 위로 태양이 동그랗게 앉아 있어 나는 그 동그라미를 향해 힘차게 다리를 지느러미 삼아 헤엄쳐 올라갔다.

물 밖으로 나오니 아름다운 세상이 펼쳐져 있었다. 산소통과 납덩이 띠를 벗어던지니 몸이 날아갈 것처럼 가벼워지고 호흡도 자유로워졌다. 원래 있던 아름다운 자연이건만 바닷속에서 그 풍경을 다시 못 볼까 걱정했기에 더 아름답게 보인 것이다.

그 무섭던 경험을 한 후로도 나는 바다를 찾는 일을 쉬지 않는다. 작은 새가 되어 바다를 찾는 것이다. 그러면 바다는 모든 것을 받아 준다.

어니스트 헤밍웨이는 『노인과 바다』에 이렇게 적었다.

"푹 쉬어라, 작은 새야. 그리고 어디든 열심히 날아서 모험을 한번 해 보렴. 행운을 잡을 때까지 말이야."

나는 오늘도 바다에 갈 계획을 세운다. 바다가 보이는 풍경에 나를 실컷 적실 수 있어서이다. 사랑한다고 외치는 파도의 일렁임을 듣기 위해서다. 나와 함께 바다에 가는 그 누군가는 진정으로 나를 사랑하는 사람일 테고, 그 사람과 함께 바다에 가는 이유는 내가 그 사람을 사랑해서이다.

4

누군가의 책갈피

○

이렇게 살려 두는 까닭

그날 사고가 난 것은 우연이 아니고, 어쩌면 정해진 운명이 거나 예정된 과정의 하나였는지도 모를 일이다. 이상하게도 살아가는 일이 어떤 일은 내가 계획하여 발 벗고 나서는 일도 있지만, 어떤 일은 불가항력적이고 강압적인 힘이 나를 끌고 가기도 함을 느낀다. 아무리 잘하려고 발버둥을 쳐도 좌절과 실패를 안겨 줄 때가 있고, 두 손 두 발을 다 들었는데도 세이프를 외치며 안전하게 홈으로 들어왔다는 신호를 줄 때도 있다.

한밤중의 일이었다. 배움 동아리에서 회식 장소를 잡은 것이 서해의 바닷가였다. 집에서는 운전해서 적어도 한 시간 반이상의 시간이 걸리는 거리였다. 늦어진 모임이었지만 나는 자

사막에서 온 눈물

정이 지난 시간이라도 귀가를 단행했다. 새끼를 둥지에 두고 온 어미 새의 심정으로 고단한 날개 정도야 집에 당도한 후 쉬어도 충분하리라는 생각에서였다.

그 사고가 일어난 것은 졸음이 밀려든 찰나였다. 나는 피곤함을 이기지 못하고 눈을 감았던 것이다. 짧지만 개운한 잠을 잔 순간이었다. 잠깐은 내가 세고 있는 초의 단위일 테고 아마도 영겁에 가까운 시간을 나는 달려 나갔다. 정상 도로가 아닌 어느 저수지 옆길의 논둑을 타고 벼가 노랗게 익어 가고 있는 논으로.

아마 의식이 있었더라면 놀라고 당황하여 핸들을 급히 돌려 저수지로 풍덩 빠졌을지도 모를 일이다. 그런데 찰나의 순간이면서 동시에 영원 같은 잠 속으로 빠져들면서 핸들 위에 손을 얹고 까무룩 잠이 든 채로 아무런 조작조차 하지 않았던 것이다.

그대로 자동차의 네 바퀴가 스르르 미끄러져 내려갔던가 보다. 1차선에서 2차선으로 미끄러지고 미끄러진 차는 샛길로 미끄러지고 다시 샛길에서 논길로 미끄러져 황금 물결치는 논으로 들어가더니 한참을 논으로 더 달려가다가 브레이크 없이 스스로 선 것이다.

내가 그 순간에 들은 소리가 있다. 그것은 다름 아닌 '후두두둑, 후두두'. 그리고 이어서 또 들려오는 '후두두둑, 후두두'

하는 소리였다. 잘 익어 알곡이 된 벼가 차의 유리창을 두드리던 순간의 소리들이었다. 차가 논 한가운데로 들어와 있었던 것이다. 차창을 바라보니 노란 벼 이삭이 차창을 가득 덮은 채 나를 구경하고 있었다. 정신이 돌아온 나는 그제야 사태를 파악할 수 있었다. 피곤함을 못 이겨 졸음운전을 한 것이 사고의 원인이었다. 집에 거의 다 와서의 거리였다. 집이 코앞이라는 생각에 긴장이 잠시 풀려서인지도 모를 일이었다.

길 건너편에 있는 주유소에서 사람이 뛰어왔다. 그는 사장이라고 자신을 밝혔다. 그러고는 이런 희한한 일은 처음 본다고 말했다. '대부분의 차가 전복되거나 옆으로 빠져 넘어지거나 하는데 이런 경사진 비탈길을 어떻게 타고 넘어가 논으로 들어갈 수가 있느냐'고 말하며 무척 놀랍다는 표정을 감추지 못했다. 그 표정에는 사람이 하나도 다치지 않아서 천만다행이라는 표정도 들어 있었다.

주유소 사장의 말대로 차량 전복이나 빠짐 사고가 엄청난 상해로 이어지는 것이 우리가 아는 상식이었다. 나는 보험회사에 사고 접수를 하고 다른 차를 이용해 집으로 돌아왔다. 그사이 날이 새고 아이들을 무사히 학교로 보냈다. 그리고 차는 레커차가 끌고 가서 수리하여 이틀 만에 말끔하게 고쳐 주차장에 세워다 놓았다. 일주일도 안 되어 나는 황금들판에서 일어난 일을 잊어 가고 있었다.

사막에서 온 눈물

며칠 후 주유소 사장으로부터 전화가 왔다. 논주인 할아버지가 지금 주유소에 와 있는데 여간 서운해하지 않는다는 내용의 전화였다. 나는 한걸음에 달려갔다. 주유소 사장은 '보험회사에서 말도 안 되게 싼 가격으로 보상을 해 준다고 하여, 농사 다 지어 놓고 추수를 기다리는 다리 아픈 시골 노인의 화를 돋우었다.'고 자초지종을 설명해 주었다.

나는 주유소 사장의 조언에 따라 시골 노인의 황금 나락 값을 후하게 쳐서 내밀며 어렵게 지은 농사를 망쳐 놓은 데에 대한 미안한 마음을 전했다. 백발의 시골 노인은 나에게 '어디 다치지 않았느냐'고 안부를 물으며 그 사고 중에도 다치지 않은 것은 천만다행이라고 앞으로 건강하라고 덕담까지 해 주었다.

그렇게 마무리를 하고 나니 이번 사고에서 나를 살려 준 신의 존재에 대한 생각을 멈출 수가 없었다. 알 수 없는 삶. 교통사고 같이 갑자기 일어나는 운명적인 삶의 이어짐은 신의 뜻이라고 생각한다. 지금 숨 쉬고 있음도 신의 범위에 드는 일이다.

'너의 힘이 필요한 곳이 있어, 이렇게 살려 두는 거다'라고 어디선가 들려오는 것 같았다. 그다음 날, 나는 나를 필요로 하는 곳으로 떠나기 위한 비행기 티켓을 샀다.

○
아름다운 편지

　어느 날 내 책상 위로 편지가 한 통 전달되었다. 편지봉투가 특별했다. '백범 김구 선생 기념사업회'라고 쓰여 있었다. 발신인을 찾아보니 그 사업회의 행사에 참여한 B였다.

　B는 그 당시 고등학교 학생이고 백범 김구 선생 기념사업회에서 주최하는 문예행사에 참가하여 연변까지 갔고, 초등학교 담임이었던 나를 떠올려 편지를 썼다고 했다. 대학을 문예창작과로 진학해서 선생님처럼 작가가 되고 싶다는 것과 가르쳐 주서서 감사하다는 것이 편지의 주요 내용이었다.

　처음 B를 만났을 때였다. 책상을 나르는 데 B가 적극 도와

주는 것이었다. 다른 아이들은 관심도 없는 일을 B는 마치 자기의 도움이 꼭 필요한 것으로 알고 달려온 것처럼 어른스럽게 행동했다. 겨우 만 11살이었는데 어디서 그런 멋짐을 배웠는지 모를 일이었다.

B를 가르칠 당시 나는 아이들에게 한 권의 책을 낭송해 준 적이 있다. 이금이 작가의 『첫사랑』이라는 책인데, 청소년 성장 소설이었다. 지금이야 온라인상으로 책을 읽어 주는 사이트가 많이 있을 정도로 흔한 일이지만 그 당시는 흔치 않은 일이었다. 학생들이 책을 사서 읽으면 좋을 텐데 왜 꼭 읽어 주는 것을 좋아하는지를 묻자, 친구들과 한 공간에 다 같이 앉아, 같은 시간에, 같은 진도로, 선생님의 목소리를 통해 이야기를 듣는 일이 너무 좋다는 것이었다. 그래서 먼저 읽어 봐도 좋다고 권했지만 이상하게도 그 시간만을 기다리면 기다렸지, 절대로 미리 책을 사서 읽지를 않았다.

나도 그 심정을 이해하던 시절이었다. 기다림이 주는 보상의 꿀맛을. 그걸 알던 십 대였다니. 꽤나 영리하고 순수했던 제자들이었다. 물론 다른 책을 읽는 일도 게을리하지 않던 문학을 사랑하는 학생들이었다.

시작을 한 사람이 끝을 내야 했다. 나는 3주에 걸쳐 목이 아픈 걸 참아 가며 책 한 권을 다 읽어 주었다. 그 후로 아이들의 눈빛이 달라졌다. 책 속 주인공의 장점을 따라 하는 것도 같고 한결 공부도 열심히 하는 것 같았다.

책 속의 주인공들은 그야말로 청소년 성장기에 있을 수 있는 시작과 결말을 보여 주었다. 남자 주인공과 여자 주인공 모두 현실에 존재하는 실제적인 인물로 묘사되어 있었다. 과장되지 않고 멋 부리지 않았고 잔잔하면서도 매력이 있어 독자들의 우상이 되었다. 그만큼 작가는 청소년의 마음을 잘 이해하고 있었다. 책을 읽어 주는 내내 나 역시 재미있게 여겨졌고 결말이 궁금했다. 주인공 둘이 잘되기를 바라고 있었다.

하지만 첫사랑은 이루어지지 않는다고 하지 않던가. 책 속의 주인공들은 1년 뒤 횡단보도의 양쪽 끝에서 서로를 발견하지만 알은척을 하지 않는다. 참 안타까운 일이었다. 아이들은 모두 해피엔딩을 바라고 있었지만 그러지 않아서 나는 괜스레 미안해졌다.

그러던 어느 수업 시간이었다. B가 껌을 질겅질겅 씹고 있었다. 나는 왜 껌을 씹느냐고 꾸짖었다. B는 껌을 씹는 것이 아니고 집중력을 훈련하는 중이라고 대답했다. 그런 다음 날 B는 껌을 씹듯이 혀를 입속에서 우물거리는 연습을 하면 집중력을 기를 수 있다는 연구가 요약되어 있는 부분의 스크랩을 가져와 나에게 보여 주었다. 나는 B를 믿었다. 나도 그 연구를 들어 보았기 때문이다. 그렇게 믿어 준 것이 고마웠던지 B는 더욱 공부를 열심히 했다.

어느 날 오후였다. 교무실 책상 위로 편지 한 통이 전달되었다. 나는 배달된 편지에 마음에 설레는 걸 멈출 수가 없었다. 편지를 기다리는 마음은 어려서나 나이 들어서나 변함이 없는 일이었던가 보다. 뜻밖의 편지가 도착해 있었다. B의 할아버지가 B에게 보낸 편지였다. 나는 '검열'이라는 좀 엉성하지만 그 당시에는 통하던 이유로 B보다 먼저 편지를 읽어 보았다.

그 편지는 할아버지가 손자에게 용기와 격려를 주는 조손간의 아름다운 내리사랑 편지였다. 따뜻하고 자상한 편지였다. 다정다감함이 넘치는 할아버지의 사랑이 부러운 편지였다. 그 손자가 할아버지를 존경하지 않으려고 해야 그러지 않을 수가 없게 만드는 힘이 있는 편지였다. 그래서 그 편지를 잊을 수가 없다.

교직에 근무하는 경력 동안 그런 조손간의 사랑 가득한 편지를 본 것은 그때가 처음이자 마지막이었다. 담임의 검열을 미리 알고 손자를 잘 부탁하려는 할아버지의 계산된 의도가 숨어 있는 편지라고 아무리 깎아내리려 해도 그 편지는 그렇게 쉽게 도매금으로 몰아붙이기에는 어딘지 모를 격이 있는 편지였다.

이제는 그런 손 편지를 거의 볼 수가 없게 되었다. 기계의 발달로 우편으로 부치는 편지가 급격히 줄어든 것이 원인이지만, 손 편지를 주고받을 정도로 정을 나누는 일에 사람들은 열심을 내지 않는 것도 원인 중 하나다. 진심을 전하는 일에 귀찮음이나 싫증을 느끼기 때문이다.

한번은 명절 전날이었다. B로부터 전화가 왔다. 선생님 생각이 나서 전화 드렸다고. 명절 잘 지내시라는 안부 전화였다. 이상하게 B가 전화를 걸어오면 자식이나 조카로부터 전화가 온 양 반갑고 기특한 기분이 들었다. 전화가 올 때마다 나는 B의 할아버지 안부를 물었다. 그리고 B의 부모님과 하나밖에 없다는 B의 여동생의 안부도 물었다. B는 제주도로 이사를 가서 그곳에서 청소년기를 보냈다. 그래서 제주의 푸른 밤하늘과 제주도의 비바람을 전하기도 했다. 그리고 제주도의 녹색 풀밭 위에서 뛰어노는 하얀 말에 대한 소식을 전해 올 때도 있었다.

소식을 전할 때 나는 B의 문학에 대한 관심과 사랑이 커져 가는 것을 느낄 수 있었다. B는 가슴 가득 문학을 품은 청년으로 성장하고 있었다. 그렇게 안부를 전하던 B가 또 전화를 걸어 왔다. 자신이 S대학의 문창과에 합격했노라고. 자신이 원하던 대학에 진학한 것을 나는 몹시 기뻐하며 축하해 주었다. 한편으로는 걱정이 들기도 했다. 창작의 고통에 왜 발을 들여놓으려 하는지 하고.

이제 B는 대학 생활을 열심히 하면서 문학에 대한 관심과 애정을 폭 넓게 가지는 것으로 안다. 나는 B를 잊지 못한다. B

가 쓴 편지가 매우 인상적이었다. B가 받은 조손간의 편지도 떠오른다. 그리고 B가 선택한 대학 전공과목은 아주 아름다운 전공과목이라고 생각한다. B는 할아버지로부터 전해져 온 문학의 유전 형질을 이어받아서 문학청년으로 자랄 수밖에 없던가 보다.

B가 좋은 글, 아름다운 글, 따뜻한 글을 쓸 것이라고 나는 확신한다.

○

17살의 가곡 사랑

보들레르는 어린이와 회복기의 환자와 예술가가 다 같이 '사물에 대해서 아주 사소하게 보이는 것까지도 생생하게 흥미를 느낄 수 있는 능력'을 가지고 있어서 모든 것을 신기하게 본다고 말했다. 나는 세 부류의 사람에 17살 여고 1학년생을 더 추가하고 싶다.

내가 여고에 입학했을 때이다. 음악 시간에는 음악실로 장소를 이동해서 공부를 해야 했다. 중학교에서 없던 일이라 재미있기도 신기하기도 했다. 강당 크기의 음악실 앞에는 한눈에 보기에도 멋지고 고급스러워 보이는 피아노가 놓여 있었고 그 앞 피아노 의자에 음악 선생님이 앉아 계셨다. 회색 양복을 입은 왜소한 몸집의 장발 머리 총각 선생님이었다.

그 선생님의 휘파람 소리 한 구절을 듣는 순간에 감수성 풍부한 여고 1학년생들은 음악 선생님을 우상으로 섬기기로 작정하는 데 짧은 망설임도 필요 없었다. 피아노가 오래되어서인지 어느 음에선가 약간의 조율이 필요한 울림소리가 났는데 그 작은 불협화음마저도 미묘하게도 낭만적으로 들렸다. 그 떨림 음은 우리를 50분 동안 신비한 음악적 환상의 세계로 안내하였다.

선생님은 한국 가곡을 주로 가르치셨다. 내 인생에서 그렇게 아름다운 가곡을 부를 수 있는 기회가 있었다는 것은 그 무엇과도 바꿀 수 없는 소중한 기회였다. 그런 기회를 주신 음악 선생님께 지금도 감사하는 마음이다. 내 인생은 한국 가곡을 알기 전과 후로 나눌 수 있을 정도로 음악의 힘은 지대했다.

나의 학급에 J라는 친구가 두성을 써서 노래를 잘 불렀다. 그랬기에 그 친구가 음악 시간이면 간간이 노래의 솔로 부분을 불렀다. 선생님이 전주를 하시고 그 후 우리가 노래를 부르면 간주 중에는 선생님의 멋들어진 휘파람 소리가 이어졌다. 그리고 J의 솔로가 가곡을 꾸미고 다시 우리의 노래가 이어져 하나의 가곡 부르기를 마쳤다.

일주일에 한 번뿐인 음악 시간이 기다려지기만 했고, 시작하면 순식간에 지나가 버리는 음악 시간이 아쉽기만 했다. 쉬는 시간이면 놀지 않고 미리 음악실에 가서 앉아 있을 정도였다. 교실에서 음악실에 가느라 닳아 없어질 수업 시간을 아낄 요량으로 쉬는 시간을 그렇게 이용했던 것이다.

그러던 중 학교 음악 축제가 열렸다. 음악 시간을 사랑한 우리 반은 당당히 합창제에 예선 합격을 하였다. 결승에 나갈 곡은 음악 선생님의 도움을 받아 민속곡 〈옹혜야〉로 정하였다. 그리고 앙코르 곡으로는 팝송 〈Happy Song〉을 준비했다.

두성을 잘 쓰는 J가 지휘를 맡았다. 나중에 안 일이지만 J는 유명음악대학교 성악과에 갔다고 한다. 나의 파트는 알토여서 소프라노 파트보다는 가사를 외우는 어려움은 없었다. '옹혜야, 옹혜야. 어절씨구, 옹혜야. 옹혜야.'를 반복하는 일은 그리 어렵지 않은 파트였다.

우리 반은 영예의 대상을 받았다. 음악 선생님이 담임 선생님은 아니었지만 그 영향력이 대단하였던 것이다. 다른 반 학생들도 음악 선생님을 좋아했는데 우리 반에는 J라는 존재가 있어 덕을 많이 본 것이 확실했다.

그렇게 음악 선생님을 사모하며 여고 시절을 지냈기에 한국 가곡을 흥얼거리는 일이 많아졌다. 가사를 외우는 일에도 열심을 기울였다. 그만큼 가곡 사랑이 대단했다.

대학을 졸업하고 학교로 발령을 받았다. 그 학교에 가 보니 미혼인 또래 여교사가 열 명이나 되어 친하게 지내게 되었다. 80년대 중후반의 그 당시는 '친목계'라는 것이 유행하던 때였다. 우리 아가씨들도 그 '친목계'라는 것을 하게 되었다. 한 달에 5만 원씩 10명에게 돈을 걸으면 50만 원이라는 큰돈이 생겼다. 그 돈을 10개월 동안 10명이 순서 뽑은 대로 가져가는 것이었다. 나는 1번이 되었고 맨 처음 곗돈을 받게 되었다.

삼십 년 전이면 거금이던 그 돈을 어디에 쓸 것인지 생각하던 나는 엘피판을 들을 수 있는 턴테이블을 구입하기 위해 거금을 털어 넣는 데 망설이지 않았다. 그 물건은 재산 1호가 되어 영혼을 위로해 주는 데 큰 몫을 단단히 했다. 살림살이 도구가 별로 없던 시절 방 안에 떠억 버티고 앉아 있는 턴테이블은 그 자체만으로도 빛이 났고 자랑거리가 돼 주었다. 거기서 흘러나오는 음악은 황홀한 청춘을 보내는 데 부족함이 없었다.

한국 가곡이 아름다운 걸 여고 때 알았으니 얼마나 다행하고 즐거운 일이었는지 모른다. 나는 월급을 받으면 엘피판을 샀다. 음악을 들으며 향수를 달랬고 음악과 함께 시간을 보내기도 했다. 가곡 속의 가사 하나하나가 어찌 아름답던지, 한 편의 시를 읽는 거나 다름없었다.

산길을 걷다 보면 아름다운 가사와 자연은 통해 있음을 느꼈다. 작사자는 산길을 걷고 이 꽃들이 피고 나비가 나는 것을 다 보고 가사를 썼을까. 어쩌면 이렇게 딱 맞을까, 하는 생각을 했다. 작곡가는 이 느낌, 이 좋은 길, 뒹구는 낙엽, 이 바람결을 다 느껴 본 뒤 곡을 만들었을까 묻고 싶을 정도였다.

그렇게 청춘을 함께 위로해 주고 축하해 주기도 하던 음반과 턴테이블은 세월의 변화와 음향기기의 발달로 추억 저편의 뒤안길로 밀려났다. 거실을 장식하던 턴테이블은 서재로 밀려나더니 창고로까지 자리를 옮겼다. 결국엔 지인이 자신이 골동품을 애호한다며 얻어 갔다.

　세월이 많이 흘렀음에도 나는 여전히 가곡을 사랑한다. 지난해에도 눈이 내린 한겨울 산길을 고라니처럼 뛰어다니며 나도 모르게 가곡 〈눈〉을 흥얼거렸다. 올겨울에도 흰 눈이 곱게 쌓이면 내 작은 발자국을 영원히 남기고 싶다. 내 작은 마음이 하얗게 물들 때까지 새하얀 산길을 헤매고 싶다.

　　　　　　　　　　　　　　사막에서 온 눈물

○

바퀴 달린 여행길

딸, 사위가 놀러 왔다. 그 애들이 신발을 벗기 전 현관 위에 척하니 올려 두는 물건이 있는데 그것은 바로 바퀴 달린 여행 가방이다. 특별한 물건을 담을 일이 없고 편히 입을 파자마나 세면도구 몇 개를 넣더라도 캐리어라 불리는 그 여행 가방이 편하다며 끌고 온다.

예전에는 비행기에 탈 때 가지고 탄다고 하여 기내용 캐리어라고 불렀는데 지금은 비행기나 기차 또는 버스나 승용차 구분 없이 어디든지 싣거나 끌고 다닌다. 병원이고 캠핑이고 장소 역시 불문이다. 꼬마부터 노인까지 나이를 가려 사용하지 않는 편리한 물건이다. 무거워도 직접 드는 것이 아니고 바퀴의 기능에 따라 밀거나 끌면 되기에 가방을 싸는 데 있어서 대표 임무를 톡톡히 수행하는 여행 물품이 되었다.

나 역시 그 바퀴 달린 가방을 들고 여행길에 나서는 것을 좋아한다. 기차를 타는 일을 특히 더 좋아한다. 덜컹거리는 큰 바퀴가 달린 기차에 나의 작은 바퀴가 달린 여행 가방을 싣고 달리다 보면 나 역시도 하나의 바퀴가 되어 둥근 지구를 구석구석 굴러다니는 상상을 하곤 한다.

어려서의 일이다. 아버지는 형제들을 만나러 가끔 서울에 가곤 하셨다. 하루는 서울 가는 길에 나를 데리고 가게 되었는데 내가 서울에 가고 싶다고 보챘는지 아니면 외동딸에게 서울 구경을 시켜 주고 싶었던 아버지의 일방적인 생각이었는지는 모르나 개 그림이 그려져 있는 그레이하운드 고속버스에 아버지를 따라 타게 되었다.

아마도 미리 버스정류장으로 나가서 아버지를 기다렸다가 얻어 낸 기회였지 싶다. 어린 나이에 화장실이 있는 그 버스를 타고 서울에 가게 된 일이 무척이나 신기하기만 했다. 이상하게도 언제든 갈 수 있는 화장실이 딸려 있으니까 오줌이 마렵지 않았다.

생전 처음 개집에서 나온 강아지처럼 잔뜩 주눅이 들어 차창 앞에서 두리번거리던 나는 길 따라 줄지어 선 나무들이 자꾸만 뒤로 밀려 나가는 모습을 보고 이상한 나라의 엘리스처럼 작아졌다. 그렇게 갑자기 짐도 안 싸고 맨손으로 아버지를 따라나선 여행길이었다. 어깨에 멜빵가방 하나 메지 않았던 최초의 장거리 여행이었다.

오포가 불었을 것이다. 그날 밤 서커스 유랑단이 동네에 들어왔다는 신호였다. 천막을 치느라 분주하니 그 주변을 조심해서 다니라는 뜻이었고 동네 사람들은 잘 지켰다. 시간에 맞게 서커스를 시작하는 일은 동네 사람들에 대한 유랑단의 예의였다.

할머니는 자부동을 찾으셨다. 흙바닥에 앉아 구경하면 엉덩이가 시릴 것을 대비한 것이다. 나는 눈 맞은 강아지처럼 이리 뛰고 저리 뛰었다. 아드레날린이 솟구쳐 나와 한시도 가만히 있을 수 없어서였다. 서커스를 본다는 것은 학교도 들어가기 전의 어린 나에게는 엄청난 사건이었다. 그 시절에 겪은 최고의 흥미진진한 문화였기 때문이었다.

서커스장까지 걸어가는 길은 어린 걸음에 가까운 거리는 아니었다. 할머니 손을 잡고 집에서 주막거리를 돌아 옹기가마터 아래까지 가는 동안 나는 상상의 나래를 폈다. 이미 내 머릿속에서는 서커스단의 피에로가 공을 굴리고 있었다. '이번에는 원숭이가 나온다고 하더라.'는 할머니의 말씀에 나는 빨간 재킷을 앙증맞게 입은 원숭이를 떠올리며 만나서 악수하는 상상을 하기도 했다.

할머니의 손을 잡고 밤길 여행을 가는 동안은 캄캄하여서 무서웠다. 금방이라도 도깨비가 나타나 내 목덜미를 휙 잡아당길 것만 같았다. 그럴 때면 눈을 감으면 되었다. 그러고는 할머니한테 어디까지 왔느냐고 물어보면 "아직 절반 남았지." 할머니는 대답했고 "그렇게 멀어?" 나는 또 물어보고 "조금만 더 가면 되지." 할머니는 또 대답했다.

눈을 뜨면 현실의 거리가 저만치 남아 있었고 그럴 때면 나는 다시 눈을 감았다. 지금도 가끔씩 그때의 밤길 여행이 떠오르고는 한다. 그러면 내게 물어본다. "얼마큼 갔나?" 그러면 내 마음이 대답한다. "절반 남았지." 하고.

나는 훌쩍 자라 버렸고 손을 잡고 서커스장에 데려가 주던 할머니는 돌아가셨다. 서커스 유랑단도 세월 따라 뿔뿔이 흩어졌다는 소문이 들려왔다. 피에로도 원숭이도 더 이상 만날 수가 없게 되었다. 바퀴를 따라 어디론가 떠나간 것이다.

하지만 내 마음속의 어린 나에게는 항상 물어볼 수가 있다. '인생의 여행길이 어디쯤 와 있느냐'고.

사막에서 온 눈물

○
문우에게서 온 편지

　내가 살면서 기억에 남는 편지가 얼마나 있는지 헤아려 보니 책꽂이 한쪽에 몇 년째 자리하고 있는 편지 한 통이 떠올랐다. 80년대에 현대문학으로 등단하고 한국과 일본의 대학에서 문학을 강의하던 문학평론가 고오노 에이지 씨한테 받은 편지이다.

　고오노 씨를 알게 된 것은 한국 시단 행사가 열리던 때였다. 그는 나의 시 발표가 어떠했는지에 대하여 솔직하게 말해 주었고 모르는 것은 질문했으며 나의 작품 세계에도 관심을 보였다. 새 작품집이 나오면 기뻐하고 축하해 주었다. 고오노 씨도 작품 세계가 독특했다. 어눌한 한국어를 구사하며 열심을 다해 자작시를 발표하는 모습이 신선하고 주제가 특이하며 내 관심 분야인 자연의 경이로움과 인간의 고독에 관한 고찰이 좋게 여겨졌다. 그 당시 나는 지방에 살았기 때문에 시단 행사에 1년에 한 번 꼴로 참석을 했다.

내가 한국 춤을 발표하던 날이었다. 나는 한복 무용 옷을 입고 있었고 머리에는 낭자를 얹고 비녀를 꽂고 있었다. 내가 배운 고전 무용을 시단행사에 재능 기부하던 자리였다. 그는 '한국의 비녀장식'에 관심이 많다며 나의 비녀를 보더니 "결혼 안 한 아가씨가 비녀를 꽂는다는 것은 다른 사람을 속이는 거 아닙니까?"라고 말했다.

나는 그의 무례함에 당황했다. 그래서 "기분이 몹시 나쁘군요. 정중히 사과하세요."라고 말하며 그가 오해하고 있는 부분에 대해 '무용을 하려면 아가씨도 무용 분장을 하며 비녀를 꽂을 수 있다'고 설명했다. 잘 모르는 부분을 지적하고 잘못을 짚어 주니 그는 "무례하게 말실수를 해서 대단히 죄송합니다. 용서해 주십시오."라고 깍듯이 사과를 하였다. 진심으로 사과하는 고오노 씨를 보니 이번 일을 통해 그 사람이 자신의 행동과 상식이 얼마나 잘못되었는지를 깨닫고 있는지가 느껴졌다. 그는 나를 아가씨로 알았던가 보다.

그 후 많은 것을 망각하며 지내고 있었다. 지난 일을 잊고 살아야 할 만큼 바쁜 일상이 이어졌다. 십 년이 흘러갈 무렵이었다. 그런데 어느 날 편지가 한 통이 배달되었다. 고오노 씨로부터 온 편지였다. 문우의 입장에서 보낸 우정이 담긴 편지였다. 그 편지에는 함께 동봉한 신문 스크랩과 동시집이 있었다.

신문 스크랩에는 일본 아사히신문에 나의 동화책『다복이네 달마시안』을 홍보하는 내용이 들어 있었다. 지난날의 우정이 한 일인지는 모르지만 고마운 일이 아닐 수 없었다. 나는 나의 동화책이 일역동화로 출판되었더라면 일본에서 흥행했을 수도 있지 않았을까 하는 낙관적인 상상을 아주 잠깐 해 보았다. 하지만 그 당시 나의 현실은 한국 출판도 간신히 하는 힘든 경제 상황이었다.

고오노 씨는 자신에게 나의 동화책 일본 번역을 도맡아 해달라고 부탁하기를 바라고 있었던 걸까, 그건 잘 모르겠다. 웬만한 작가라면 명성을 얻는 일에 욕심을 냈을 터인데…. 나는 욕심을 부릴 줄 모르는 사람이었다.

고오노 씨가 나의 동화책이 순수하고 가치가 있다는 판단에 신문사에 홍보를 한 걸까, 아니면 자신의 수입을 위해 그런 걸까. '경제적 수입을 위해 떠보는 행동일지도 모르지' 하는 개연성이 희박한 상상을 해 보다가 나의 쓸데없는 생각에 헛웃음이 났다. 나는 고오노 씨가 분명 좋은 의도로 아사히신문에 나의 동화책을 홍보했을 것이고 나 역시 역사적 기록만을 기억하기로 마음먹었다. 그랬더니 한결 마음이 편해졌다. 아직도 스크랩은 나의 책꽂이에 편지와 함께 자리하고 있다.

편지와 함께 보낸 시집은 작고한 일본 여류작가 가네꼬 미수주의 동시집이었는데 한국어로 번역된 시집이었다. 그 동시집은 고오노 씨가 한국어로 번역을 맡은 책이었다. 나는 밤새 그 시집을 읽고 마음이 아팠다. 너무 아름답고 슬픈 시집이어서 그랬다.

고오노 씨가 왜 그렇게 꼭 읽어 보라고 추신까지 덧붙였는지 그의 평설을 읽어 보고야 알게 되었다. 아름다운 마음으로 순수한 작품을 사랑할 수 있는 작가가 진정한 작가라는 말을 전하고 싶어서였을 것이다.

그는 나의 세 번째 시집에 평설을 쓰기를 원했다. 나는 그에게 부탁했고 그는 희곡 형식으로 평설을 써 주었다. 참으로 특이한 발상이었다. 나는 그의 평론가로서의 문격을 인정하여 평설을 부탁했고 그가 자신의 성의를 다했다고 생각한다. 그는 세상 기준으로 책정된 금액만을 원했고 나는 감사하게 생각하며 그 금액을 치렀다. 그렇게 평설을 받고 시집을 낸 지 십 년 이상의 시간이 흘렀다.

고오노 씨로부터 받은 편지의 우체국 소인을 보니 2010년도라고 찍혀 있었다. 그러니까 세 번째 시집을 낸 후로 나는 시단 행사에 참여할 여유마저 잃고 말았다.

그의 편지를 옮겨 적어 본다.

안녕하십니까?

정말 아주 많이 궁금했습니다.

모습이 안 보여 안절부절못했습니다.

그런데 드디어 나타나셨네요.

1년에 한 번 직녀성같이 나타나 우리를

무척 행복한 기분으로 만들어 주시는 김경숙 작가님.

당신과 만나고 있는 시간이 너무 짧습니다.

아니, 안타깝습니다.

맞습니다! 그 시간만이 즐겁습니다.

앞으로도 김경숙 작가님이

이 행사에 꼭 나와 주셨으면 좋겠습니다.

그리고 선생님의 훌륭한 작품을

계속 만나기를 기대하겠습니다. 고오노 드림.

봉투에 적힌 주소를 보니 내가 이사 와서 매일 바라보는 안산이 보이는 동네 봉원동이었다. 걸어가도 지척의 거리인 것을 이제야 알게 되었다. 시간이 많이 흘러 아직 그가 그곳에 살고 있는지 아닌지조차 잘 모른다.

나는 그 오랜 시간 동안 그의 편지를 잊고 지내느라 답장을 못 했다. 만나지도 못했다. 하지만 만나지 않아도 나는 고마운 마음을 떠올릴 수 있다. 그가 쓴 평설과 그가 보내온 한국어 번역 동시집을 통해서.

오늘 가네꼬 미수주의 시집을 꺼내 본다. 아름다운 작품을 대하자 또 가슴 한쪽이 아려 온다.

○

아주 특별한 별밤

　대학교 때의 일이다. 그 당시는 스물이라는 젊디젊은 나이에 자신감이 고조되어 두려움이라고는 없을 때였다. 나를 포함한 몇이 덕유산에서 캠핑하기로 뜻을 모았다. 헨리 소로가 호숫가에 오두막을 짓고 혼자 살며 자연의 적막과 인간의 고독한 체험을 사랑하고 즐긴 것처럼 우리 일행도 자연의 유혹에 끌려 특별한 체험이 주는 묘미를 맛보고 싶어서 야영을 선택한 것이다. 그것은 자연에 대한 경외감을 만끽할 기회를 맛보는 일인 동시에 낯선 곳에서 하룻밤을 보내면서 호연지기를 기를 기회여서 용기를 낸 일이었다.

　그 당시는 큰마음을 먹지 않고는 야영이나 캠핑을 하는 일이 쉬운 일이 아니었으므로 처음 해 보는 일에 대한 기대와 두려움으로 그 일을 계획할 때부터 마음이 설레었다. 우리는 야영이라는 단어를 듣는 것만으로도 충분히 즐거웠고 젊다는 단하나의 이유만으로 우리의 발걸음이 모든 곳을 무사통과할 수 있다고 용기를 가졌다.

야영을 하던 날 밤은 별빛이 참 아름다운 밤이었다. 그날 밤 나의 온몸은 촉각이 곤두서서 대기에 맞닿아 있었다. 하늘과 나무와 산의 공기는 검게 뒤엉켜 우리를 내려다보고 있었다.

텐트 주변에 큰 떡갈나무가 있었는데 그 나무의 정령이 두꺼운 팔로 나의 허리를 금방이라도 끌어안고 숨통을 조일 것만 같았다. 속수무책으로 나의 정신은 그 정령에게 잡혀 포로가 될 판이었다. 차라리 두 손을 들고 투항하는 것이 나을 참이었다. 그날 밤 우리는 무주구천동 계곡에서 길어 온 시리고 맑은 물로 밥을 만들어 먹었고 기타를 치고 노래를 불렀다.

우리가 조용해졌을 때 어디선가 산새가 울었다. 난생처음 들어 보는 낯선 산새 소리에 나는 놀랐다. 식스센스를 동원해 자연을 이해하려고 노력했다. 하지만 처음 겪는 야영의 생경스러움에 두려움이 엄습해 오자 그만 기가 죽고 말았다. 이곳은 자기 영역인데 왜 들어와서 방해하느냐고 따지듯이 새가 울고 있었다. 울음소리는 또 우리를 놀리는 기분도 들었다. 애송이들이 용감한 척 이 깊은 골짜기를 겁도 없이 찾아왔느냐고 묻는

사막에서 온 눈물

것만 같은 그 울음소리에 묘한 기분이 들었다.

우리가 내는 지극히 인간스러운 소리들이 산속의 짐승들을 자극시켜 천막을 공격하지는 않을까 걱정이 되었다. 건장한 스무 살 청춘의 팔다리가 몇인데 그런 걱정을 했을까마는 그만큼 자연이 인간을 무력화시키는 데에는 사람의 머릿수나 팔다리의 수가 큰 작용을 하지는 못했다는 뜻이다.

우리는 잠들기 전 밤하늘을 바라보았다. 별이 머리 위로 쏟아져 내릴 것만 같았다. 사방에서 반딧불이가 별똥별처럼 빛을 내며 날아다녔다. 아, 얼마나 신비함에 휩싸인 밤이었던가. 얼마나 자연의 위대함에 온몸이 전율하던 밤이었던가. 나도 반딧불이나 다를 것이 없었다. 지구별에서 잠깐 청춘의 빛을 발하다가 서서히 노쇠하고 언젠가는 먼지로 사라질 것이기 때문이었다.

어스름한 새벽에도 새는 울었다. 우리를 쫓아내려는 마음을 바꾸지 않은 건지 일찍 일어나 계속 울었다. 여명이 밝고 아침이 되니 새소리는 멋있다. 사물이 구별될 정도로 밝아지자 아무 일도 일어나지 않았다는 안도감이 들었다. 나무의 잎사귀들이 매달고 있는 이슬방울을 바라보자 밤이 사라진 것이 확실하다는 생각이 들었다.

눅눅한 몸을 일으켜 바라본 나무나 산의 모습, 그리고 대기도 그대로였다. 우리 젊은이들만 머릿속으로 들어온 엉킨 실타래 같은 생각을 푸느라 힘들었을 뿐이었다. 그 밤은 아주 특별한 밤이었는데, 그 후로 나는 그 밤과 똑같은 밤을 여태 맞이하지 못했다.

사람과의 인간관계를 특별하고 친밀하게 맺기 위해서는 필요한 것이 있다. 예를 들면 취미가 같다거나 가치관 또는 비슷한 이상 나누기가 있겠다. 기호가 비슷하거나 추구하는 목표가 같다면 더욱 깊고 오래 사귈 수가 있다.

여행을 가 보면 그 사람에 대해 쉽게 알아지는 것이 있다. 캠핑을 해 보면 그 과정을 통해 사람의 됨됨이나 인간 본연의 성질을 더욱 잘 파악할 수가 있는데, 하룻밤을 함께 지내며 보여 주는 생활의 기술이나 됨됨이로 그 사람의 인격과 품성을 알 수 있어서다.

나는 그 누군가와 친해지게 되면 여행이나 캠핑을 떠난다. 그것은 그 누군가를 평가해 보기 위해서 행하는 의례이고 나만이 치르는 의식인데, 그 사람을 더 잘 알아 가는 하나의 관문 같은 것이다. 그 버릇이 생긴 것은 그 밤을 체험한 이후의 일이다.

그 후로 나는 월급을 쪼개어 텐트를 샀다. 캠핑 장비를 산 것이다. 그 텐트를 놀러 갈 때마다 끌고 다녔다. 가까운 곳에 갈 적에도 텐트를 치고, 밤에 잠을 자고 오지 않는 가까운 거리의 장소에서도 텐트를 쳤다. 심지어는 집 안의 거실에도 텐트를 쳐놓고 지냈다. 장비를 다루는 기술은 없었지만 거듭된 시행착오로 전문가의 기술을 흉내 낼 정도로 실력이 늘어났던 것이다.

형제 또는 친구들과 특별한 경험을 나누는 것이 즐거워졌다. 혹시나 그 밤의 신비한 경험을 다시 해 볼 수 있을까 싶은 생각에 반복한 행동이었는데 어느 때 어느 장소에서도 그날 그 밤에 느꼈던 기분은 다시 살아나지 않았다. 하지만 야영을 멈출 수는 없었다. 버릇이 되고 습관처럼 나는 주변의 사람들과 별밤 형상을 탐구하게 되었다.

요즈음은 새로운 캠핑 문화들이 물밀 듯이 생겨나서 마음만 먹으면 별 준비 없이 떠날 수 있고 시설의 이로움을 구매할 수 있으며 체험할 수 있다. 이제 나는 더는 야영을 하러 길을 떠나지 않고 있다. 대신 그날 밤 산에서 보았던 별의 이미지를 마음으로만 회상하곤 할 뿐이다.

젊은 날에 보았던 영롱한 빛의 별들이 수없이 뜨고 지고 또다시 떠오른다. 그 별들은 추억을 흡수하여 밝게 빛났다가 부서지기도, 소멸했다가 생성되기도 한다. 우주를 떠돌다 언젠가 먼지로 스러지겠지만 아직은 총총 빛을 내며 반짝인다. 그중 유난히 밝은 별 하나가 웃고 있다.

○

도서관에서 찾은 좌우명

나에게는 좌우명이 하나 있다. '일미담박 온아개제(一味憺迫, 溫雅愷悌)'라는 글귀인데 혜경궁 홍씨의 『한중록』을 읽다가 찾아서 발췌한 문장이다. 나의 방식대로 의역을 하자면 '평소에 화려하거나 기름진 음식을 탐해서 많이 먹고 탈 나지 말 것이며, 따뜻하고 우아한 표정을 짓기 위하여 즐겁게 지내고 타인을 공경하는 마음을 가지면 탈 날 일이 없다'는 의미이다.

내가 필리핀에 살 때의 일이다. 수업이 끝나고 퇴근 시간이 될 때까지의 자투리 시간은 1시간 내지는 2시간 정도였는데 요일에 따라 조금씩 달랐다. 그 여유 시간을 어디서 보내는가 하는 것은 참, 고민되는 일이었다. 뜨거운 나라의 오후에 운동장 그늘에 있는 오두막 니파헛에서 동료들과 수다를 떨며 스쿨버스 시간을 기다릴 것인가, 아니면 학교 건물 2층에 자리한 도서관에서 책을 읽으며 억지로라도 머리에 영어 단어를 넣을 것인가에 대한 고민이었다.

우리나라처럼 에어컨의 찬바람이 빵빵하게 나오는 조건이라면 물론 도서관에서 시원하고 즐겁게 시간을 보낼 수 있겠지만, 그 당시 내가 근무한 학교의 사정은 전혀 그렇지가 않았다. 후덥지근한 도서관은 학교가 생기고부터 기부 받았을 것 같은 오래된 책들이 선반 곳곳에 켜켜이 쌓여서 묵은 종이 곰팡내가 스멀스멀 풍겨 나왔다.

긴 책상을 갈라놓는다는 것이 일인용 독서실 스터디 룸처럼 나무 칸막이를 칸칸이 나누어 놓아서 양 옆자리에서도 잘 보이지 않았다. 열심히 공부하라는 그곳에서 책을 베고 엎드려 까무룩 낮잠이 들기라도 한다면 스쿨버스를 놓치기가 십상이었다. 머리를 책에 얹고 잠들어 있는 동료의 해탈한 표정을 몇 번이나 목격할 수 있었던 걸로 보아 무더운 날씨와 곰팡내 비슷한 고서의 냄새는 묘하게 섞여서 낮잠을 불러오는 화학 반응을 일으키는 것이 틀림없었다.

그런데 희한하게도 그곳에 들어서면 독서에 대한 왕성한 갈망이 솟아나는 것을 느끼곤 했다. 도서관에서의 시간은 니파헛에서의 시간보다는 더디게 갔지만 눈과 머리가 즐거웠다. 나는 학교 도서관이 주는 즐거움을 알았기에 도서관 가는 일을 즐겼다.

책장의 종이와 길게 자란 나무와 여름의 오후에 부는 바람의 냄새가 적절하게 섞여서인지, 남국의 초록 잎사귀가 창문을 살짝 덮어 강렬한 태양을 가리며 형성된 적당한 조도(照度) 때문인지, 그것도 아니면 재외 한국인의 노고에 감사한 사람들의 기부 도서 목록이란 것들이 평범한 오락거리나 시간 보내기용으로는 쉽게 다가서지 못할 정도의 조금은 난해한 제목들이어서였는지는 잘 모르겠으나 도서관에 발을 들여놓으면 시간 가는 줄 모르고 책을 읽곤 했다.

그날 내가 고른 책 다섯 권 중 세 권은 한국의 유명 작가들의 시집이었고 남은 두 권 중 한 권은 마키아벨리의『군주론』, 그리고 나머지 한 권은 혜경궁 홍씨의『한중록』이었다. 책을 고른 이유는 참 싱겁기까지 했다. 시집을 고른 이유는 자나 깨나 시를 써야 한다는 중압감에서였고,『군주론』을 고른 이유는 중학교 사회 선생님이 읽어 보라던 책을 산 적도 본 적도 없이 살다가 도서관에 꽂힌 걸 보고 늦게라도 숙제하자는 마음으로 고르게 된 것이다.

그리고『한중록』역시 고등학교 국어 선생님이『한중록』을 강조하시던 목의 핏대 때문이었다. 마치 EBS 방송국 강사처럼 열의 넘치게 우리에게 공부를 가르치셨는데 '빨간 줄!'이라고 말하면 수업받는 학급의 학생들이 선생님이 외친 그 대목의 중

사막에서 온 눈물

요 구절에 빨간 펜으로 줄을 그어야 했다. 혜경궁 홍씨의『한중록』에도 빨간 줄을 그었지만 읽어 보지는 못했기 때문에 책 선반에서 꺼낸 것이다.

혜경궁 홍씨는 누구나 다 아는 인물이다. 영조의 며느리, 사도세자의 아내, 정조의 어머니이다. 그녀의 자리는 높았으나 참으로 험난한 인생을 산 여인이었다. 그런 그녀가 쓴『한중록』의 어느 페이지에서 나는 한 줄을 찾아냈고, 그 한 줄을 나의 좌우명으로 삼아야겠다고 결심한 것이다.

직장에서 왕성하게 일하던 젊은 날에 업무 후의 저녁 시간을 쪼개어 서예를 배우러 다닌 적이 있다. 그 당시는 퇴근 후에 직장 동료들과 어울려 유익한 동아리 활동을 하는 것이 유행이었다. 나는 근무 후 직장 근처의 서실로 갔고 거기에서 지원 박양준 선생의 필체를 배우게 되었다. 붓글씨를 초등학교 때부터 써 왔지만 지루하지 않게 여기는 이유는 묵향이 주는 편안함을 아직도 좋아하기 때문이다.

우리 수제자들은 각자 물을 떠다 벼루에 부은 뒤 먹을 갈고 붓을 매만지고 화선지를 깔았다. 전날에 배운 글씨를 복습하며 스승님을 기다리는 우리는 먹 냄새에 마취되어 고분고분 말을 잘 듣는 초등학생이 되기라도 한 것 같았다. 서예가 선생님이 보기에도 참으로 성실하고 착한 제자들이었을 것이다.

한날은 지원 선생께서 말씀하셨다. 평소 마음에 담아 두는 글귀가 있거든 가져오라고. 그럼 그 글귀를 지원체로 만들어 써 주겠노라고. 나는 망설일 필요가 없었다. 오래전 『한중록』 어느 페이지의 한 줄을 가슴에 안고 있었기에.

그렇게 해서 나의 벽에는 지원 박양준 선생의 필체로 사사 받은 좌우명 액자가 걸려 있다. 지원체를 열심히 연습하여 서툰 솜씨지만 내가 직접 쓰고 유리로 표구한 작품이. 볼 때마다 마음을 다잡게 되는 글귀 '일미담박 온아개제(一 味憺迫, 溫雅愷悌)' 좌우명이다.

방문한 누군가는 서체가 멋있다고 말하고, 또 다른 누군가는 그 뜻을 알고 싶어 했다. 그 누군가는 노인네 냄새가 난다고 질투했고 어느 누구는 서체가 부적인 줄 알았다며 자신은 그런 좌우명이 없노라고 잔뜩 샘을 부렸다.

내 삶의 시계는 빠르게 흘러 벌써 좌우명을 바라보고 산 지 꽤 오랜 시간이 흘렀다. 부적이어도 좋고 노인네 냄새가 나도 좋았다. 그동안 그 좌우명을 따라 살려고 늘 입으로 웅얼거렸다. 나 자신과의 서약이기 때문이었다.

그런데, 음식에 욕심내고 사람과의 관계를 잘못해서인지, 어느 날 갑자기 병이 찾아왔음을 알게 되었다. 병이 난 지금에서야 그 좌우명을 잘 지키지 않았음을 반성한다. 얼마나 남아 있을지는 모르지만, 남은 삶을 '일미담박 온아개제(一 味憺迫, 溫雅愷悌)'로 살도록 노력하라는 하늘의 뜻이라 생각해야겠다.

○

배고픈 시절의 잘못된 선택

인간은 B와 D사이의 C를 살아간다는 말이 있다. 태어남 (Birth)과 죽음(Dead), 그 사이의 수많은 선택(Choice)들로 살아간 다는 뜻이다. 선택을 하면서 산다지만 사람은 태어나면서 부모를 선택할 수는 없다.

나는 전쟁이 끝나고 어수선하던 60년대에 외동딸로 태어났 다. 하지만 외딸이라고 귀하게 대접받거나 먹을 것이 풍요롭지 는 않았다. 위아래로 남자 형제가 셋이나 있어서 더욱 그랬을 것이다. 그 당시 시대상으로는 다들 그러고 사는 거라고 알았 다. 나는 막냇동생의 분유를 몰래 퍼 먹기를 좋아했다. 그만큼 간식이 귀했다. 마을에 점방이 하나 있고 색깔 입힌 옥수수 튀

밥 같은 과자류를 비닐봉지에 담아 묶어 쌓아 놓았는데 어리고 겁 많던 우리들은 침을 흘리며 그것을 눈으로만 구경해야 했다.

내가 어려서는 몇 시간에 한 대씩 지나가는 버스를 타야 읍내로 나갈 수 있었다. 집이 신작로 옆에 있어서 손님을 태운 버스가 지나가는 모습을 일없이 구경하곤 했다. 우리 집의 어른들은 여간해서 버스를 타고 읍내를 나가지 않았기에 먹을 것을 사 오는 일도 좀처럼 일어나지 않았다. 오일장이 십 리 길 밖에 있어서 가끔 할머니가 장에 다녀오시고는 했지만 우리 입에 넣어 줄 사탕이나 주전부리는 여간해서 사 오지 않은 걸로 보아 할머니 용돈도 융통하기가 쉽지 않으셨던가 보다.

어린 나이니 얼마나 입이 심심했을까. 아침에 가마솥의 밥을 다 푸고 누룽지가 굳으면 거기에 설탕가루를 뿌려 과자처럼 먹을 수 있었는데, 그걸 얻어먹기란 가뭄에 콩 나듯 어쩌다 있는 일이었다. 누룽지보다 밥 한 그릇이라도 아껴야 되는 시기였기 때문이었다.

배가 고픈 우리들의 간식으로 풀뿌리가 있었다. 걸어 다니는 길에 아무렇게나 난 풀을 뽑아내서 파란 잎이 아닌 밑동의 하얀 부분을 이로 잘근잘근 씹었다. 그럼 거기서 단물이 나왔다. 동네 아이들은 초식동물 토끼처럼 입을 오므려 풀 밑동을 빨았다. 어떤 아이는 그 풀뿌리 밑동을 고추장에 찍어 먹으면 맛있다고 친구 집 고추장 단지를 열어 줄 것을 선동해서 어른들의 꾸지람을 듣기도 했다.

그래도 나는 집에 제사가 많아 감 껍질 말랭이라도 얻어먹는 형편이 좀 좋은 편에 속했다. 가을이면 일 년 제사를 대비해서 어른들은 곶감을 말리셨다. 그 과정에서 생기는 감 껍질을 말려 둔 것이 감 껍질 말랭이였다. 가을볕에 잘 마른 말랭이는 다음 해 여름까지 요긴한 간식거리였다. 그것도 서울에서 오는 손님에게 대접하느라 우리들이 먹고 싶을 때 노상 먹을 수 있는 것은 아니었다.

입이 궁금하고 무엇인가를 간절히 먹고 싶을 때는 광문을 살짝 열고 들어가 감 말랭이가 들었을 법한 항아리 뚜껑을 열고 깜깜한 항아리 속으로 손을 넣어 휘휘 내둘렀다. 농기구 냄새와 잡동사니 냄새가 섞인 광 속의 냄새는 어린 사슴 같은 나의 심장을 마구 뛰게 만들었다. 작은 키가 모자라 까치발을 들고 서서 한참을 그러다 보면 걸리는 것이 있는데, 그것이 말랭이면 좋고 곶감이라도 걸리면 월척을 낚은 기분이 되어 걱정 반 기쁨 반의 주전부리를 몰래 먹곤 했다.

어른들은 향이 좋은 가죽나무 잎을 삶아 그 위에 고추장 양념을 발라서 볕 좋은 장독대에 말려 가죽나무 장과를 만들어 밥반찬이나 손님상의 술안주로 쓰곤 했다. 어린 입맛에는 너무 짜고 매워 크게 반가운 간식거리는 아니었다. 그래도 먹을 것이 없어 입이 궁금하면 맵고 짠 것을 참고 가죽나무 장과를 우물거리기도 하였다.

단물이 줄줄 흐르는 주전부리를 맘껏 먹어 보는 것이 꿈이요, 소원인 우리의 어린 시절에 단비 같은 소리가 있었으니 그것은 바로 엿장수의 가위질 소리였다. 어디서 구했는지 쇠붙이나 빈병을 들고 아이들은 엿장수 주변으로 모여들었다. 엿장수는 엿판에 한 판 가득 담아 가지고 온 두툼한 호박엿을 툭툭 잘라 아이들 손에 들려주었다. 집에 쇠붙이와 빈병이 남아 있지 않은 나는 눈을 비벼 가며 찾고 또 찾았다. 하지만 이미 다 바꿔 먹은 쇠붙이가 남아 있을 턱이 없었다.

그때 나의 눈에 띈 것이 있었다. 바로 부엌 바닥에 있는 풀무였다. 풀무는 긴요한 생활필수품이었다. 풀무 없이는 밥을 할 수도 국을 끓일 수도 없었다. 그 당시는 땔감으로 왕겨를 땠는데 풀무의 바람이 있어야만 왕겨가 잘 탈 수 있었다. 가당치 않게도 나는 엿을 바꾸어 먹을 쇠붙이로 그 풀무를 선택했던 것이다. 풀무는 얌전하게 앉아 있다 아무 잘못도 없이 나의 손에 선택되어 엿장수의 리어카에 실려 가는 신세가 되었다.

그 중요한 살림살이를 내가 가져다 엿으로 바꿔 먹었다는 사실을 어른들이 안 것은 해가 뉘엿뉘엿 지고 온 동네가 보리쌀을 삶을 저녁 시간이 다 되어서였다. 할머니는 어둡기 전에 서둘러 풀무를 찾아오셨고 엿장수는 동구 밖을 벗어나지 않은 채 풀무 주인을 기다렸다고 하니 어린 소녀의 겁 없음에 호박

엿을 공짜로 준 거나 마찬가지였다.

　잠이 설핏 들 무렵 이불 속에서 들은 이야기로는 엿장수가 인심이 후해서 애들이 가져오는 쇠붙이나 빈병보다 나누어 주는 호박엿이 더 많았다고 했다. 손익을 따지지 않고 그렇게 동네 아이들에게 엿을 주었다고 했다. 그리고 풀무를 찾으러 올지 어떻게 알고 해 질 무렵까지 마을을 벗어나지 않고 기다리고 있더라는 것이었다.

　그 일이 있은 후, 나는 더 이상은 엿을 사 먹지 않았다. 평생 먹을 양을 그때 한꺼번에 다 먹어 신물이 났기 때문이었다.

○

영화의 맛

내가 중학교 3학년 때의 일이다. 담임 선생님은 미술 선생님이셨다. 선생님은 소질과 적성이 돋보이는 인재를 발굴하여 적절한 지도를 통해 전공자로 만드는 일에 힘을 쏟아부으시던 훌륭한 분이셨다. 같은 반 친구 D는 미술부였다. 그림만 잘 그리는 것이 아니고 얼굴도 예뻤다. 그래서 미술 담당 선생님의 총애를 받는다고 소문이 나 있었다. D는 나의 잣대로 측량했을 때 담임 선생님의 총애를 받기에 충분히 마땅했다. 미술만 잘 그리는 것이 아니고 마음이 비단결같이 곱기 때문이었다.

무슨 일인지는 잘 모르나 어느 날 선생님은 학급의 학생 몇을 선생님 댁으로 초대하셨다. D가 아닌 나와 부반장을. 우리는

사막에서 온 눈물

선생님 댁을 방문했고 사모님이 만들어 주신 점심을 먹은 후 영화관에 갔다. 45년 전 대전 중앙동에 있는 아카데미 극장에서는 앤쏘니 퀸 주연의 〈Passage〉라는 영화를 상영하고 있었다.

프랑스와 스페인의 국경지대를 통과하는 주인공들 앞에 나타난 거대한 피레네 산맥과 또 그 산맥에서 일어난 눈사태를 본 나는 커다란 문화 충격을 받게 되었다. 시골뜨기가 큰 대도시에 나가서 그것도 담임 선생님이 보여 주시는 영화를 본 일은 지금 생각해도 무지 막대한 특혜였다. 선생님은 그렇게 반장과 부반장을 시작으로 D까지 식사와 영화라는 특혜를 고루 주려는 계획이셨을까. 그 까닭은 지금까지도 도무지 모르겠다.

그 일이 있은 후부터 나는 인생을 살면서 영화를 꼭 보면서 살아야겠다고 마음먹게 되었다. 그런데 우연치 않게도 여고 시절부터 그 바람은 이루어졌다. 중간고사나 기말고사가 끝나면 D도시의 영화관에서는 시험이 끝난 고등학교 학생들에게 할인 영화를 상영하는 특별 행사를 열어 주었던 것이다.

'학생 필견 감상 영화 목록'이라도 가지고 있는 것처럼 영화관에서는 유익하고 아름다운 명작을 많이 보여 주었다. 나는 시험을 기다리는 학생이 되었다. 시험이 좋아서가 아니라 영화를 보는 즐거움 때문이었다. 영사기를 따라 감기는 필름처럼 나의 여고 시절도 동그랗게 필름 모양처럼 감겨 나갔다. 그렇게 시작된 영화 사랑은 지금까지 이어진다. 〈닥터지바고〉, 〈대부〉,

〈바람과 함께 사라지다〉 같은 영화들이 주는 절대적 영상미는 내게 인생을 영화처럼 살라고 소리 없이 주문을 걸어왔다.

시대가 바뀌면서 우리나라의 영화 산업도 발달하여 많은 양의 신작 영화가 쏟아져 나온다. 그중에 감명 깊게 본 영화 〈명량〉은 나를 포함한 관객 모두를 애국자로 만드는 힘이 있는 영화였다. 영화를 통해 모르던 사회의 모습을 바라볼 수도 있고 무지한 의식을 깨울 수도 있다.

굳이 좋아하는 영화 장르를 고르라 한다면 멜로나 로맨스, 드라마나 코미디 가족 영화를 순서대로 꼽고 싶다. 잔잔한 감동과 가벼운 웃음, 그리고 위트가 넘치는 순간들을 좋아하기 때문이다. 과학, 공상영화도 물론 좋아한다. 심각한 상황에서의 무거움이나 범죄의 어두움, 또는 극한의 공포는 피해서 안 보는 편이다.

제작자의 의도를 읽으며 감상할 수 있는 '독립영화'도 나와 그간의 상업영화와는 다른 맛을 느낄 수 있다. 독립영화의 대표작 〈워낭소리〉는 얼마나 깊은 울림이 있는 영화던가. 주인공 노부부와 소의 이야기가 실제 이야기이고 시간대별로 찍은 다큐멘터리 영화라는 사실은 놀라울 따름이다. 40년간 일해 온 소의 워낭소리가 멎은 날 할아버지는 코뚜레를 풀어 주며 '좋은 곳으로 가라.'고 말한다. 그 대목에서는 모두들 숨죽여 눈물을 닦아 냈다. 보는 내내 객석의 여기저기서 훌쩍거리는 소리

가 들렸다. 나도 그때 눈이 부은 채로 영화관을 나왔던 기억이
있다.

'영화'라는 장르가 한평생을 지배하게 된 일 자체가 나라는
주인공이 등장하는 한 편의 영화가 아니라고 그 누가 반박할
수 있을까.

○

우럭에 대한 명상

터키의 보스포루스 해협을 배를 타고 건너던 어느 해 여름 날이었다. 중학생으로 보이는 아들의 목구멍에 걸린 고등어 가시를 빼려고 애를 쓰는 중년의 여인을 본 적이 있다. 그 여인은 볼펜을 빌리더니 나중에는 이쑤시개, 긴 막대기 등을 차례로 빌렸고 급기야 플래시 전등까지 빌리는 열심을 보였다. 아들은 연신 캑캑거리며 목에 걸린 가시로 인한 통증을 호소했고, 그 모자를 지켜보는 우리는 과연 병원에 가지 않고 저 가시를 빼 낼 수 있을지 의문스러우면서도 그 광경을 지켜볼 수밖에 다른 방법이 없었다.

종국에는 어머니는 아들의 목에서 가시를 빼냈다. 그 가시

　　　　　　　　사막에서 온 눈물

를 보여 주면서 자신이 아들의 목에서 가시를 뺐음을 자랑했고, 일행들은 그런 어머니에게 수고를 칭찬했다. 아들은 목에서 가시를 빼내자 시원하고 개운했는지 금세 여행객의 밝은 표정을 되찾았다.

나도 생선 가시에 걸려 된통 혼난 적이 한 번 있다. 동아리 모임을 마치고 회식을 하려 하던 때였다. 통닭구이냐, 해물탕이냐를 놓고 잠시 고민하던 우리 일행은 날씨도 쌀쌀하니 해물탕을 먹기로 의견을 모았다. 우럭 해물탕을 좋아하는 나로서는 생일날이나 마찬가지였다. 가을무와 쑥갓이 들어간 우럭 해물탕은 구수하고 시원하여 술국으로도 인기 있고 밥을 말아 먹어도 그만이었다.

열심히 식사를 할 때였다. 목이 따끔하게 아팠다. 가시가 걸린 것이었다. 나는 기침을 하다가 급기야 자리에서 벌떡 일어서게 되었다. 어려서 생선을 먹다 보면 종종 가시가 걸리는 일이 있어서 어른들이 일러 주신 말씀대로 따라 행동해 위기를 모면한 적이 있던 터라 이번에도 그럴 요량이었다.

나를 뺀 남은 회원들도 한마디씩 의견을 냈다. '밥을 삼키면 그 힘으로 내려간다.', '일어서서 내려갈 때까지 뛰어라.', '침을 많이 삼켜서 미끄럽게 하라.', '그냥 두면 아침에 다 삭아서 없어진다.', '물을 마셔서 흘려보내라.' 하지만 그런 방법은 소용이 닿지 않았다. 잔가시라면 몰라도 큰 가시는 더더욱.

나는 아픈 목을 참으며 집에 돌아왔다. 목에서 시작된 통증은 명치끝까지 내려와 있었다. 더는 참지 못한 나는 서둘러 동네 병원에 갔다. 병원에서는 시내의 종합병원에 가 보라고 말했다. 종합병원의 이비인후과에서는 내과를 가 보라는 진단을 주었다. 4번을 옮겨 찾아간 수술실은 모두가 퇴근해서 불이 꺼져 있었다.

수술실에 다시 조명이 켜지고 내과 담당의 선생님이 졸린 눈을 비비고 나와서는 내시경을 나의 목에 넣었다. 한참이 지나서 "안 뺐으면 장천공이 일어나 위험할 수 있었습니다."라는 말과 함께 오백 원 동전 크기의 부메랑처럼 구부러진 우럭 가시를 꺼내서 보여 주었는데 한눈에 보기에도 가시가 꽤 억셌다.

그럼 그 후로 내가 우럭을 싫어하게 되었는가, 결코 아니다. 단지 조심을 할 뿐 생선을 향해 달려가는 식성을 포기하지를 못했다. 그런 나의 생선 식탐을 눈치챈 지인에게 낚시로 잡아 올린 갈치를 한 상자 받은 적이 있다. 말이 갈치지 갈치의 새끼에서 조금 자란 크기였다. 거의 풀치나 다름없는 크기였다. 그렇다고 말린 풀치를 만들기에는 너무 많은 시간과 노력이 필요할 것 같았다.

구워 먹고 졸여 먹기 난감한 이 생선을 어떻게 하나 고민 끝에 좋은 생각이 떠올랐다. 항아리에 차곡차곡 담고 소금을 뿌려 두는 방법을. 즉, 내 방식대로 만든 어간장용 생선 염장법이었다. 어간장이 얼마나 맛있었냐고 묻는다면 나는 '최고였지요.'라고 대답할 것이다. 모든 요리의 화룡점정을 그 갈치 어간장이 도맡아 했으니까.

우럭을 좋아하게 된 이야기를 시작하기까지는 이십 년을 거슬러 올라가야 한다. 내가 서해바닷가 지방으로 발령을 받아 집을 옮겨 살 때의 일이다. 대학 동창 하나가 나와 가까이서 살았는데 자기 집의 냉장고를 정리할 생각이었는지 아니면 남편을 자랑할 생각이었는지는 모를 일이지만 얼린 생선을 자주 주곤 했다.

"생선의 이름이 뭐라고?"

"우럭이야."

"어떻게 먹어?"

"그냥 무만 넣고 지리로 맑은 탕을 끓여 먹어 봐. 굵은 소금 조금 치고."

"알았어."

"다 먹으면 말해. 또 줄게."

"혹시 너희 남편이 어부니?"

"아니, 남편이 제일로 좋아하는 취미가 낚시야."

"그럼 집에 많아?"

"응. 냉장고에 가득해."

"낯선 생선이지만 잘 먹을게."

그렇게 몇 번을 얻어먹었다. 이상하게도 그 도시에 가서 살기 이전에는 먹어 보지 못한 생선이었다.

한번은 날씨가 흐린 날, 마땅한 찬도 없고 따끈한 국물이 생각나 친구에게 받은 껍데기 까만 생선으로 해물탕을 끓여 먹기로 했다. 친구가 알려 준 대로 무만 썰어 넣고 푹 끓인 후 굵은 소금으로 간만 맞춘 우럭 지리탕이었다.

그런데 국물 맛을 본 나이 어린 아들과 나는 깜짝 놀라고 말았다. 시원한 국물 맛에 깊이가 있는 고소함과 감칠맛을 동시에 느꼈기 때문이었다. 그 후로 우리는 우럭탕을 다시 생각하게 되었다. 맛있고 귀한 음식으로 등급을 주게 된 것이다. 아들 역시 편식 없이 그 생선을 좋아하게 되었다. 나는 어쩌다 우럭탕을 먹는 날을 나의 생일날로 치기로 했다. 그만큼 우럭을 맛있는 생선으로 여기기로 한 것이다.

그렇게 우리 식구의 식탁에서 격상된 이름이건만 가시는 억세고 모질어 지금도 우럭탕을 먹을 때면 그 사건이 떠오른다. 친구에게 변변한 인사도 못 했는데 이 글을 통해 우럭을 알게 해 주어 고맙다는 인사를 전하고 싶다.

사막에서 온 눈물

○
누군가의 책갈피

초등학교에 다닐 때의 소풍지는 학교 주변의 야산이었다. 연산 고양리의 주산 봉우리에서 모이라는 시간에 늦지 않으려고 친구들과 야생 망아지들처럼 작은 말발굽 소리를 내며 뛰어내달렸다.

중학교 다닐 때의 소풍은 마을 야산보다 조금 높고 동네 골짜기보다는 조금 깊은 곳으로 갔다. 그 산 아래에 개태사라는 절이 있었는데 개태사 바로 앞으로 호남선 철도가 놓여 있었고 대전 논산 간 국도가 잘 닦여 있었다. 절골이라는 골짜기를 다녀오는 것이 중학교 소풍날의 주된 노선이었다. 한창 사춘기이던 우리는 그 훈련이 끔찍하게 싫으면서도 깔깔거리며 떼 지어 그곳을 올랐다가 내려왔다. 가끔 기차를 타고 개태사 앞을 지나다 보면 그때 올랐던 골짜기와 사찰이 보인다.

고등학교 다닐 때 간간이 찾은 산도 참 아름다웠다. 보문산 아래에 학교가 있어 참 많이도 오르내렸다. 케이블카가 운행되고 있었건만 용돈이 없고 비싸서 탈 엄두도 못 내고 공원 전체를 걸어 다녔다.

대학 시절에는 동학사와 갑사 그리고 신원사 사찰과 그 주변 계룡산을 많이 찾았다. 어려서부터 시작하여 나이 들기까지 많은 산을 다녔는데, 야산이건 높고 험하건 모든 산은 다닐 때마다 아름다운 풍광을 선사해 주곤 했다.

직장 생활을 하면서 히말라야에 오르는 걸 버킷리스트로 삼고 계획을 세웠다. 하지만 계획대로 일이 순조롭게 돌아가지 않았다. 같이 갈 동행을 구하는 일도 시간을 맞추는 일도 쉽지 않아서였다.

우연하게도 어느 날 시민교육 단체를 통해 네팔에 교육 봉사활동을 하러 가게 되었고, 나는 꿈꾸던 히말라야에 가게 되었다. 경비행기를 타고 카트만두에서 포카라로 이동하며 바라본 히말라야 설산은 숨이 멎을 정도의 비경이었다. 그야말로 책갈피가 되는 순간이었다. 잠시 모든 호흡과 생각을 멈추고 그저 멍하니 바라보기만 했다.

귀국할 때 나는 공항에서 히말라야 전경이 찍힌 긴 파노라

사막에서 온 눈물

마 사진 한 장을 샀다. 그 사진을 차 탁자 유리 아래 깔아 놓고 차를 마시거나 영혼의 쉼이 필요할 때마다 바라본다. 한참을 바라보고 멍하니 앉아 있자면 내가 아직도 히말라야에 있는 기분이 든다.

마차포레 봉우리 아래에 자리 잡은 학교에서 봉사활동을 했기 때문에 학교를 오르는 언덕길에도 학교에서 학생들과 공놀이를 하는 순간에도, 학교에서 내려오며 동네 염소 떼와 마주치던 길목에서도, 설산 봉우리가 머리 위로 신비롭게 솟아 있었다. 물고기가 바닷물 속으로 자맥질을 하며 들어가는 마지막 모습이었다. 그 꼬리가 보이는 형상과 닮았다는 '마차포레' 봉우리는 숙소에서 눈을 뜬 아침에도 유리창으로 온통 제 모습을 액자처럼 보여 주었다. 심지어는 따뜻하고 호기로운 영혼이 가득 담긴 모습으로 나를 바라보기까지 했다. 나는 그 즉시 멋진 풍경을 내 눈의 홍채 안에 가득 담아 둘 수가 있었다.

햇살에 반사되어 시시각각으로 다양한 색채로 빛나는 눈 덮인 산봉우리의 장관을 바라볼 때의 행복감은 이루 말할 수 없는 감동이었다. 그 순간은 눈이 너무 큰 역할을 하느라 코와 입의 호흡이 멈추었다. 귀 역시 아무 소리도 듣지 못했다. 호흡과 듣는 일을 멈추고 잠시 쉬는 일 그 일을 나는 '풍경의 책갈피'라고 명명했다.

살면서 책갈피가 되는 풍경과 순간을 많이 간직한 사람이 잘 사는 거라고 생각한다. 그 생각은 예전이나 지금이나 변함이 없다. 사람이 살아가면서 순간이나 풍경만이 책갈피가 되겠는가. 만나는 사람도 책갈피가 되는 그런 사람이 있다. 책갈피는 말 그대로 책을 읽다가 멈추고 그 페이지에 잠깐 꽂아 두는 물건이다. 잠시 쉬었다가 책을 다시 펴는데 책의 쪽수를 잊더라도 쉽게 찾을 수 있는 긴요한 물건이다.

사람도 일하다 모든 일을 멈추고 어떤 사람을 맞이하고 싶을 때가 있다. 바쁜 일을 하다가도 잠시 멈추고 만나러 가고 싶은 사람, 보고 싶은 사람이 있다. 그런 사람을 나는 책갈피 같은 사람이라고 이름을 붙여 주고 싶다. 나에게는 항상 책갈피 같은 사람이 있다. 참으로 고마운 일이다.

어려서 내가 아홉 살 되던 해에 학교에 갔다 와 보니 방 아랫목에 아기가 누워 있었다. 엄마가 낳은 막냇동생이었다. 손자가 셋은 되어야 한다던 할아버지의 성화에 못 이겨 낳았다는 셋째 손자였다. 나는 그 동생을 참 많이도 업어 주었다. 업을 수 있는 개월 수가 되기 전부터 바닥에 앉지도 못하는 어린 아기를 벽에 기대어 놓고 업는 연습을 하곤 했다. 그러다가 동생이 좀 자라서 포대기로 업을 수 있게 되자 신이 나서 동생을 업고 동네 놀이터로 나가곤 했다.

또래의 친구들 역시 등에 동생을 하나씩 업고 나와서는 누가 오는지를 보려는 미어캣처럼 동구 밖을 바라보았고 형제가 많은 집 친구는 등에는 제일 어린 동생을, 손에는 또 다른 동생의 손을 잡고 있었다. 그 당시 애보개는 바로 위에 있는 형제, 그중에서 누이가 맡아 하던 시절이었다. 우리 누이들은 무거운 줄도, 힘든 줄도 모르고 동생을 업은 채로 고무줄놀이까지 하는 억척을 보였다. 신이 인간에게 주신 모성 본능을 우리 누이들은 천명으로 알고 무겁다거나 또는 힘들다거나 하는 불평을 하지 않았다.

동생도 나를 책갈피로 여겨 줄지 그건 잘 모르겠다. 그래도 가끔 이야기한다. 초등학생 때 누나가 대학을 다니는 곳에 놀러 갔더니 공상과학영화 〈ET〉를 보여 줘서 참으로 고마웠다고, 평생 못 잊겠다고.

나에겐 책갈피 같은 동생이다. 나이 차가 많이 나는 동생인데도 불구하고 누나의 대학교 교생실습 시절 꼭 필요한 차트를 붓글씨체로 써서 만들어 준 적이 있었다. 초등학생이던 동생이 고사리 손으로 밤새워 써 주었던 그 정성 덕분인지 실습 학점이 최고점 A플러스가 나왔다. 그 일에 대해서 아직까지 고마움이 솟아난다.

집의 어느 부분인가를 손보고 싶을 때 단단하게 조여 주고 새롭게 갈아 주는 일을 하는 것도 동생이다. 내가 잠시 쉬었다가고 싶을 때 쉼을 주는 책갈피 같은 사람, 그런 동생이 있어 행복하다.

부작용이 주는 위로

내가 아침마다 눈을 떠서 하는 일이 있다. 그것은 바로 알약을 한 알 먹는 일이다. 공복에 복용해야 효과가 나고 시간을 잘 지켜 먹어야 하는 약이라고 주의 사항에 나와 있다. 늦잠을 자다가도 일어나서 약을 먹어야 한다. 약 복용을 하루라도 빠트린다면 그야말로 자신의 목숨을 지키는 일에 대한 직무유기를 하는 것이기 때문에 철저히 지켜야 한다. 그만큼 중요한 약은 나의 병세가 얼마나 중한지를 표시하는 척도이기도 하다. 그 약은 표적치료제로 환자의 생존율을 크게 늘어나게 해 '신약 개발의 성과'라고 대서특필 보고된 약이기도 하다.

어떤 환자는 약 복용 기간이 빨리 지나갔으면 좋겠다고 말하는 걸 방송에서 들은 적이 있다. 부작용이 반갑지 않고 그 기간 동안 자신에게 일어나는 여러 가지 힘든 과정을 지켜본다는 일이 지루하고 고통스럽기 때문에 그런 말을 했을 것이다. 그러나 나의 입장은 다르다. 시간이 빨리 가는 것을 바라지 않는다. 물론 꼬박꼬박 약을 챙겨 먹어야 하는 것이 쉬운 일은 아니다. 하지만 부작용에 대해 알고 그 부작용을 딛고 일어서기로 마음먹은 이상 흐르는 시간을 음미하며 즐기기로 작정했다. 그랬더니 한결 편안하고 느긋해진 자신을 발견할 수 있다.

사람은 영원한 변화 속에서 그 변화를 받아들이며 존속해야 하는 존재라는 사실을 받아들이기로 한 것이다. 약의 부작용을 다스리며 치료까지 하는 두 가지 생활을 동시에 해야 하는 지혜가 절실히 요구되는 시간이다. 얼굴에 나타나는 붉은 반점 하나도 신경 쓰며 면밀히 관찰해야 하는 생활이 이어졌다.

이런 경우에는 효과가 좋은 약에는 부작용이 따른다는 양날의 검 논리가 적용됨을 알 수 있다. 약효가 나타나는 동시에 부수적인 피해도 있다는 일장일단의 논리이다. 하지만 그런 부작용을 견디는 방법도 있으니, 바로 적절한 운동이다.

자전거 타기가 적절한 운동의 대표라고 생각할 수 있다. 보통 때의 자전거보다 약 복용 이후의 자전거 타기는 감사함이 넘친다. 지나는 풍경도 새롭고 만나는 건물이나 거리, 사람도 신기하리만치 반갑게 다가온다. 하천에서 만나는 평범한 다리의 이름도 처음 들어 보는 것처럼 생소하고 신기하기까지 하다.

지금은 명소가 된 홍제천 다리를 지나다가 명화를 걸어 놓은 교각을 보고는 그만 눈시울이 붉어진 적도 있었다. 유명 드라마의 주인공들이 만났던 장소인데 그 누구의 안내나 설명 없이도 한순간에 알아보았다. 교각 미술관의 발상이 얼마나 기발하고 아름답고 신기한지 한참을 서서 감상을 하며 바라보았다.

동식물을 바라보고 관찰하는 새로운 버릇도 생겼다. 천변의 잡풀 고마리가 예쁜 꽃을 팝콘처럼 틔워 낸 모습이 어찌 그리 사랑스러운지 나도 모르게 미소가 지어졌다. 깨알 같은 분홍색 씨가 영글고 벙글은 여뀌들은 추워질 날씨를 미리 알고 씨 퍼트릴 준비를 하고 있었다. 작은 것 하나도 그냥 지나치지 않게 된 그러한 현상들을 나는 '부작용이 주는 위로'라고 이름 지었다.

부작용의 또 한 가지는 입맛의 변화로 기인된 식욕 저하가 있다. 이러한 식욕 감퇴 현상이 온 데다가 딱한 일은 자극적인 맛을 아예 먹을 수가 없게 되었다는 것이다. 오신채인 양념류가 들어간 음식이 구내표피를 자극해서 입안이 아프고 식사하는 데 유쾌하지 않으니 자연히 피하게 되었다. 사찰 음식처럼 양념류가 빠진 순하고 색이 연한 음식이 입에 맞게 된 것이다. 누가 시켜서가 아니라 어쩌다가 수행자 노릇을 하게 된 것이다.

사막에서 온 눈물

약 복용을 하느라 음식을 절제할 뿐만이 아니고 또 새로운 요리법까지 개발하게 되니 이러한 일 또한 '부작용이 주는 위로'라고 이름 지어야겠다.

부작용은 있을지언정 복용하는 약이 잘 듣고 있다는 것이 놀랍고 감사할 따름이다. 주변에서도 약의 효능으로 오는 부작용을 반갑게 여기라는 말까지 한다. 생각을 고쳐 하니 부작용은 병이 잘 나아가고 있다는 알림이고 이왕 온 병이니 약으로 잘 다스려 더 이상 병이 악화되는 것을 방지하자는 묘책일 수도 있겠다.

그러자니 생각이 많아졌다. 많은 생각들을 정리하고 통찰하니 사색하는 기쁨이 생겼다. 사색을 하다 보니 책을 읽는 시간도 함께 늘어났다. 독서의 즐거움은 그 무엇과 비유가 되지 않을 정도로 크다. 이 또한 '부작용이 주는 위로'이다.

작고하신 소설가 최인호 씨가 투병을 할 때의 일인데, 약의 부작용으로 손톱이 빠지니 원고 치기가 힘들어져 골무를 끼고 타자를 쳤다는 글을 읽은 적이 있다. 나는 골무를 끼지 않은 손가락으로 타자를 치면서 그 다행함에 감사함을 느낀다. 물론 이러저러한 부작용들로 평소보다는 힘들고 고통스럽지만 창작의 기쁨은 작은 부작용 따위는 아무것도 아닌 것으로 만들어준다.

나의 약 복용은 부수적인 부작용을 가져온 건 사실이나 그 부작용이 나를 일순간에 쓰러트리거나 항복시키지는 못한다. 나는 그 부작용들이 주는 위로를 십분 응용할 생각이다.

사막에서 온 눈물

○
걱정거리는 헌 자루에

　세계 사람들이 영어를 잘 모른다고 해도 쉽게 알아들을 수 있는 한마디는 '돈 워리(Don´t worry)'란 말이 아닐까. '돈 워리'를 말해 주면 불안한 상황에서 심신을 누그러뜨릴 수도, 평온을 찾을 수도 있게 된다.

　걱정하는 문제라는 것은 연령별로 성별로 또는 상황별로 다 다르다. 누군가에게는 학업이, 누군가에게는 현금이, 어떤 이에게는 건강이 그리고 누군가 다른 이에게는 시간이 간절하게 필요해서 걱정일 수 있다. 그런데 이 걱정을 어떻게 해결하라는 뜻인가. 실제로 우리의 삶 속에서 걱정하는 대로 일이 풀리지는 않음을 목격하게 된다. 도대체 이러한 근심 걱정을 어떻게 하면 좋겠는가.

그 문제를 해결하기 위한 방법으로, 걱정을 하느라 에너지를 쓰지 말고 그 걱정을 좋은 기회로 바꾸는 전략을 쓰라고 조언해 주고 싶다. 걱정의 힘을 역발상으로 써서 걱정이 유익한 선물이 되도록 바꾸면 어떠하겠냐고 권해 주고 싶은 것이다. 잘못된 방법으로 걱정을 지나치게 하다 보면 문제의 해결이 되기에 앞서서 정신적 · 신체적인 피해를 입기 때문이다.

젤린스키는 어느 날 걱정상자에 자신의 걱정거리를 써서 담아 보고 다시 꺼내 읽는 일을 하다가 다음과 같은 통계를 얻게 되었다. 대부분의 우리가 아는 걱정은 40%가 절대 일어나지 않을 사건들에 대한 것이고, 30%는 이미 일어난 사건들, 그리고 22%는 사소한 사건들, 4%는 우리가 바꿀 수 없는 사건들에 대한 것이며 나머지 4%가 우리가 대처할 수 있는 진짜 사건이라는 사실을.

쉽게 말해서 우리가 하는 96퍼센트가 쓸데없는 걱정이라는 소리이다. 다가올 부정적 상황을 통제하지 못하면 어쩌나 하고 미리 생각과 마음으로 두려워하는 일이 바로 걱정이라는 것인데, 이러한 두려움을 떨치기 위해서는 나름의 창의적인 방법으로 자신만의 걱정 해결 마스트 키를 만들어 사용해야 한다.

무조건 걱정을 회피하라는 이야기가 절대 아님을 미리 말해 둔다. 동시에 제대로 걱정하고 정확하게 해결하라고 말하고 싶다. 걱정을 부정적 요소가 아닌 긍정적 요소로 변환하여 자기 해결책으로 만들라는 뜻이다. 걱정의 주체가 무엇인가, 걱정의 원인은 어디서 기인했는지, 걱정을 풀 수 있는 가능한 방법은 무엇인지를 스스로 찾아내라는 뜻이다.

나는 명예퇴직을 앞두고 자연 속에서 사는 것이 나의 이상적인 노후 생활이라고 생각했다. 그래서 고층 아파트보다는 전원에 주택을 짓고 꽃과 나무를 가꾸며 동화처럼 멋지게 살고 싶어졌다. 때마침 신도시 개발지역에 전원택지를 분양하고 있다는 희소식이 들려왔다. 게다가 시간이 흐르면 자산 증식의 가치가 따른다는 정보도 얻었다.

나는 반신반의하면서도 퇴직금을 쏟아부었다. 결단과 용기 없이는 큰 뜻을 이룰 수 없다는 판단으로 한 행동이었다. 그 판단을 하기까지 신도시 개발에 대한 낙관적 뉴스 보도와 부동산 중개소의 술수가 뛰어난 홍보가 한몫 거들기도 했지만 노후의 전원생활이 가져올 낭만에 들떠 있었던 것도 부인할 수 없는 사실이다. 하지만 어디 사람의 일이 계획대로 다 되던가.

어이없게도 4년 후, 나는 새로 인수한 회사의 땅값은 모르는 일이라는 억측에 맞서 권리를 찾겠다고 복잡한 소송을 벌이며 그 일에 휘말리기 시작했다. 그 과정에서 시청이나 경찰서는 내 편이 아니라는 생각이 들었다. 그리고 비용을 들여서 선임한 변호사에게 전권을 주며 매달리는 내가 한심해졌다. 그런 일을 겪고는 좌절하게 되었다. 기대가 무너지고 신뢰에 금이 가면서 영혼을 갉아먹는 절망과 포기를 경험하자, 정의가 상실된 이 나라의 현실에 화가 났다. 그리고 부아가 끓어올라 끝이 보이지 않는 진흙탕 싸움에서 발을 빼고 싶어졌다.

그런데 우연하게도 나는 수술을 하게 되었다. 그러던 중에 나의 투자 소유권이 오리무중이 된 계약서를 보며 새로운 생각을 하게 되었다. 이렇게 되기까지는 눈에 보이지 않는 에너지의 순환 구조란 것이 존재하고, 내가 거기에 얽히게 되었다는 생각을. 만일 내가 그 투자에 쏟지 않고 다른 방법을 택했다고 가정해 보자. 나는 또 다른 걱정을 하느라 제대로 생활하지 못했을 수도 있다. 나에게 허락된 운이 다하여 이런 지경에 이르렀다는 자조적 사고를 하다 보니 현재의 안위가 다행스러워지기까지 하였다.

한 친구가 말했다. 어떻게 그런 황당한 일을 당하고도 태평할 수 있느냐고, 자기 같으면 정신이 온전치 않을 거라고. 그 친구는 거기까지의 이해로 세상을 바라본 것이다. 충분히 그럴 수 있다. 하지만 조금 다른 각도로 생각해 보면 나의 사고가 납득이 안 될 것도 없을 것이다.

과학적으로는 양자물리학 현상이라고 볼 수 있겠고, 심리학적으로는 정신역동론 현상이라고 볼 수 있겠다. 즉, 나의 투자가 누군가의 사업을 도왔고 그 도움으로 사회 일부가 돌아가고 있었으며 나는 이 나라에서 이 복잡한 시대에 태어났지만 그 순환의 에너지에 딱 적합한 시기에 나의 에너지를 가한 셈이었다. 나의 에너지가 딱 그 양만큼 필요했던 거고, 나는 거기에 적재적소하게 쓰이느라 다른 곳에 도달할 수 없었던 것이라고 주장한다면 그걸 믿겠는가.

엉뚱하게 들리겠지만, 나는 그럴 수밖에 없는 정해진 우주의 조화 속에 떠도는 하나의 별똥별 같은 운명적 개체였다고 보면 원리가 맞아떨어진다. 내가 걱정하는 대로 이 세상이 돌아가지 않을 수 있다는 것을 알아야 하는 논리였던 것이다.

젤린스키의 말대로 그 걱정거리들을 곁에 두고 살아서 무슨 이익이 있겠는가. 걱정거리들을 헌 자루에 담아 버리자. 걱정은 무슨 소용이 닿는가. 그것은 아무런 가치가 없는 것이다. 걱정은 영혼과 뼈와 살을 깎는 해로움이다. 걱정할 시간에 저 푸르른 하늘을 한 번 더 바라보자. 우리는 과감하게 고민들을 헌 자루에 담아서 버려야 한다.

이 글을 읽는 당신도 걱정거리가 있다면 걱정자루에 담아 던져 버릴 것을 권한다. 그리고 웃어 보시라.

○

유쾌한 결혼식

3년 전 딸아이가 결혼을 했다. 인륜지대사라는 결혼은 집안의 중요 행사이며 경사였다. 결혼은 양쪽 집안의 결합이다. 서로 다른 곳에서 태어나 살던 사람 둘이 만나 사랑하고 결혼하여 전혀 다른 집안을 알게 되는 일이다. 또 그 집안의 풍속을 익히고 그 집안에 속하여 살게 되는 일이다.

프랑스에서는 결혼과 관련하여 전해 내려오는 속담이 있다. 남자는 자유를 잃을 각오를 하고 여자는 행복을 빼앗길 각오를 하는 제비뽑기가 바로 결혼이라고 말한다. 또 이런 말도 있다. 말을 못하는 벙어리 남편과 앞을 못 보는 장님 아내가 가장 좋은 커플이라는 것이다. 그만큼 결혼 생활이란 하고 싶은 말을 다 하지 못하고 살 수도 있는 일이고, 보고 싶은 것만 볼수 있는 것은 아니라는 것을 말해 준다.

러시아 속담에서는 싸움터에 나갈 때는 한 번 기도하고 바다에 나갈 때는 두 번 기도하며 결혼을 할 때는 세 번 기도하라는 말이 있다. 그 정도로 심사숙고하여 결정하라는 것이 결혼이다.

우리 가족은 딸의 의사와 결정을 존중하였고 그에 따라 혼례의 수순을 밟기 시작했다. 사윗감도 서글서글하고 든든하니마음에 들었으며 상견례 자리도 더없이 화기애애하였다. 상견례의 참석 인원은 신랑 측과 신부 측의 인구수를 4대4로 맞추기로 했다. 우리 가족은 전원 참석한 셈이다. 신랑 측은 두 누나중 큰누나만 나오게 되었다. 알고 보니 신랑의 누나는 나의 고등학교와 대학교의 직속 후배였다. 참으로 사람 사이의 인연은모를 일이다. 사돈과 고등학교와 대학교가 선후배지간일지 그누가 알았겠는가.

이제 결혼식을 올리면 되었다. 식순을 짜고 프로그램을 구성하는 모든 것을 신랑과 신부의 계획대로 할 수 있는 세상이라서 우리는 가족 구성원이 참여하는 가족 행사로 만들기로 뜻을 모았다.

주례와 주례사는 과감하게 생략하기로 정하였다. 맨 처음순서는 신랑 신부가 만나서 교제하고 결혼을 결정하기까지의 과정을 사진으로 엮어 분위기에 맞는 음악을 넣고 편집하여 하객들이 볼 수 있도록 안내하였다. 신랑 신부의 사진을 보니 젊은이들의 아름다운 시작에 저절로 박수를 보내고 싶어졌다.

다음은 신랑 친구의 인터뷰로 두 사람이 결혼을 결정하게 된 이유를 두 주인공에게 직접 들어 보는 순서였다. 두 사람은 대학원 과정에서 만나게 되었다고 했다. 여러 남학생들이 있었는데 그중에서 가장 인품이 바르고 온순하며 진실한 사위를 남편감으로 고른 것을 나는 이미 딸아이에게 들어서 알고 있다. 이어 성혼선언문은 신랑 아버지가 낭독하였고 신랑 어머니는 아들에게 보내는 편지를 낭독하였다.

다음으로 신랑 친구와 신랑이 노래를 부르는 순서가 있었다. 그런데 노래 좀 한다고 초대받은 가수인 신랑친구보다 신랑이 노래를 더 잘하여 깜짝 놀랐다. 사위는 노래를 잘하는 성대를 타고난 사람이었던 것이다. 후일담에 의하면 너무 긴장되어서 혹시나 가사가 생각나지 않을까 손바닥에 깨알같이 노래 가사를 적어 두었다고 했다. 식이 끝나고 거의 손바닥이 까매질 정도로 쓰여 있는 가사를 보고 '이 정도로 자신의 맡은 일에 성실한 사람이라면 사는 일이 순조롭겠군.' 하고 생각했다. 결혼 후 처남, 자형지간인 아들과 사위가 함께 모여 곧 잘 노래를 부르며 여가 시간을 즐기는 걸 보노라면 참으로 고맙기 그지없다.

신부 측인 우리 가족은 아들이 사회를 맡아 보았다. 아들은

누나의 결혼식에서 사회를 봄으로써 남매의 우애를 과시한 셈
이다. 그리고 신부 어머니인 나는 신랑 신부에게 축하하는 시
를 지어 낭독하기로 했다. 그 시의 제목은 '인생 초보 운전자에
게'이다.

인생 초보 운전자에게
사랑하는 딸, 사위! 오늘 결혼식을 올리며
인생이라는 긴 여정을 시작하는
두 인생 초보 운전자에게 당부하는 글 들어 보시오.
'매너가 사람을 만든다.'는 말이 있소.
인생 여정에도 매너 운전은 필수라오.
인생길을 달리다 보면
탄탄대로만 있는 것은 아니니 말이오.
기다려야 할 교차로가 있고
지켜야 할 신호등이 있으며
속도를 줄여야 할 감속 구간도 있다오.
상대의 눈이 부시지 않도록
전조등을 하향할 필요가 있고
경고음보다는 친절한 지시등이
더 유쾌하고 빠를 때가 있으니
빨리 가려 조급한 것보다 마음 편한 여유 운전 부탁하오.

가끔은 차를 세워 두고

아름다운 풍경을 구경하기를 바라오.

목적지만을 향하느라 차체가 낡고 닳아서야 쓰겠소.

운행을 위한 차량 사전 점검과 튼튼 정비는 필수라오.

배려와 양보라는 안전공구도 잊지 마시오.

사랑하는 딸 사위 오늘 인생 운전을 시작함을

진심으로 축하하오.

안전 운전하여 목적지까지 즐거운 여정이 되기를

진심으로 바란다오.

2019년 5월 19일 신부 어머니가 낭송함.

이라고 나는 밝고 유쾌하게 읽었다. 듣는 모든 이들이 나와 같이 축하하는 마음이기를 바랐기에 기쁘게 읽을 수 있었다. 시에 나타난 것처럼 나는 인생 초보운전자인 딸 부부가 삶을 윤택하게 살기를 바랐다. 정신적으로 부족함 없이 풍부하게 살고 남을 돕는 데 인색하지 않고 이 사회의 구성원으로서 넉넉하고 아름다운 이웃이 되기를 간절히 바랐다.

결혼한 딸아이는 이제 나의 집에 자신의 물건이 많이 남아 있지 않음을 가끔의 방문으로도 눈치챈다. 자신의 물건들은 쓰기 편하도록 신혼집에 가져갔음을 뜻한다. 또 이제 더 이상 이 집이 아니고 자신의 보금자리에 새로운 가정을 꾸렸음을 알고 있다.

　그렇게 결혼을 한 인생 초보자들이 3년여를 지내고는 아주 기쁜 소식을 전해 왔다. 이제 곧 2세를 낳게 된다는 것이다. 병원에서 찍어 온 심장 박동 소리를 듣는 일이나 초음파 사진을 보는 일은 얼마나 기쁜 일인지 모른다. 이제 만물이 생동하는 봄이면 인생 초보 딱지는 떼고 한 아이의 엄마, 아빠라는 소리를 들을 것이다. 유쾌한 결혼식에 기초한 행복한 가정생활을 영위하기를 바란다.

　그들이 이 지구상에 존속하는 호모 사피엔스로서 아름다운 삶을 누리면서 인생 운전을 하다가 가끔은 운전대를 놓고 여유롭게 바깥 경치도 구경하는 행복한 삶을 살기를 진심으로 바라본다.

○

아버지를 꼭 닮은 딸

스페인에 있는 프라도 미술관에 가 보면 벨라스케스가 그린 〈시녀들〉이란 작품이 있다. 미술사에 큰 획을 그은 그 그림에 나오는 마르가리타 공주는 약간은 우스꽝스런 표정과 차림이다. 나의 어린 시절을 회상해 보면 마르가리타 공주의 약점이 이해가 가고도 남는 장면이 있다. 나 역시 마르가리타처럼 아버지의 사랑을 받았다. 아버지는 공주를 사랑하는 국왕 펠리페와 영락없이 같으셨다.

나의 다리가 두꺼운 것은 순전히 아버지 쪽의 친가 혈통이 가진 강한 우성의 유전자가 작용했기 때문이었는데, 아버지는 할머니를 닮았고 나는 아버지를 닮아 타고난 거였다.

　　　　　　　　　　　　　사막에서 온 눈물

만 여섯 살 소풍날, 아버지는 나에게 원피스와 발등에 끈이 달린 구두와 앙증맞은 배낭 그리고 꽃이 달린 모자를 사 주셨다. 그런 이국적인 모습의 도회지 소녀를 구경한다는 것은 1971년도 시골에 소재한 학교에서는 아주 재미난 볼거리였다. 그 당시는 그런 복장은 서울에서나, 그것도 아주 잘사는 집 외동딸이나 입는 복장이었건만 아버지는 공주 같은 딸이 되어 주기를 바라셨나 보다.

하지만 나에게 입혀진 옷은 내게 어울리지가 않았다. 팔과 다리가 하얗고 가늘었으면 좋았으련만. 나는 연산의 태양 볕에 그을릴 대로 그을려 건강함이 넘쳤고 그 옷에 어울리는 병약함이라고는 찾으려야 찾을 수가 없었다. 건강해도 너무 건강했던 것이다. 구경 온 학생들이 '그럼, 그렇지!' 하고 안심할 정도였으니 아버지의 노력은 그다지 효과가 없었던 셈이다.

또 한번은 이런 일도 있었다. 52년 전의 일이지만 또렷이 기억난다. 그날은 민방공훈련을 하는 날이었다. 그날 행사의 꽃은 응급환자 실어 나르기였다. 오늘날 119 소방차에 실려 있는 환자운반침대의 전신이라고 볼 수 있는 나무들것이 운동장 끝에 조달되었고, 구급대원 역으로 보이는 신체 건강한 고학년 남학생 몇 명이 순서가 오기를 기다리고 있었다.

병약한 표정의 하얀 얼굴을 가진 예쁜 꼬마 여학생이 응급환자로 뽑혔더라면 좋았을 것을. 내가 환자로 뽑힌 것은 들것을 들고 뛰어나갈 준비를 하는 구급대원 학생들에게는 참으로 안타까운 일이었다. 곧 사이렌이 울리고 그날 행사의 피날레 격인 환자 실어 나르기 순서가 돌아왔다. 그 순간 나는 분명히 들었다. 자기들끼리 주고받는 대화를.

"어휴, 무겁다, 무거워. 야, 다리 좀 봐라. 왜 이리 두껍냐!"

"누가 아니래! 야, 근데 누가 이런 애를 환자로 뽑은 거야?"

그 후로 나는 두꺼운 다리가 주는 불편한 진실을 참고 살아야 했다. 마르가리타 공주처럼.

하지만 요즘은 그 두꺼운 다리가 대접을 제대로 받고 있다. 운동을 해서 근육이 형성된 거 아니냐는 칭찬을 듣고 있으니, 이 모두가 아버지로부터 물려받은 유전자의 강점이 아니고 무엇이겠는가.

나는 참 많이도 아버지를 닮았다. 이번에 발병한 병도 아버지의 40여 년 전 병명과 동일한 걸 보면 유전의 법칙은 피해 갈 수 없다는 생각이 든다. 아버지로부터 받은 것이 어디 신체 외부적인 것과 몸 안의 형질만을 가지고 따질 수 있을까.

우리 부녀는 하나님을 경외하고 믿고 따르고 기도하는 모습도 닮아 있다. 기도를 쉬려 해도 쉴 수가 없다. 아버지의 기도를 따라 읽다 보면 기도하고 묵상하는 법이 되살아나기 때문이다.

오늘 아버지는 내게 이런 기도를 보내셨다.

고운 것도 거짓되고 아름다운 것도 헛되나 여호와를 경외하는 여인은 칭찬을 받으리라.

딸아, 세상에 78억 인구 중에서 그중에 참된 자는 보혜사 성령님을 모시고 그의 명령을 따르고 순종하며 나의 주 하나님 예수 그리스도를 믿는 자이니. 그는 반드시 예수 그리스도가 사랑하사 일으켜 주시리라.

약속의 하나님을 믿습니다. 아버지 하나님, 감사합니다. 우리 딸 지켜 주심을 감사드립니다. 이 시간 믿사옵고 예수그리스도의 이름으로 기도하옵나이다. 아멘.

나 역시 아버지와 같은 기도를 하늘에 간절하게 드리고 있었다. 이렇게 아름다운 세상을 느끼고 살게 하신 은혜에 대한 감사함을 절절히 고백하고 있던 터였다. 내가 숨 쉬고 이 땅을 딛고 서 있는 일이 절대자의 주관이 아니면 불가능함을 체득했기 때문이고, 나의 에너지가 하늘로부터 내려와 땅으로 내려가기까지 우연은 하나도 없음을 체험했기 때문이었다.

아버지는 오늘도 딸을 위해 울면서 기도하고 계신 걸 나는 다 안다. 그 힘으로 나는 오늘도 내일도 그리고 모레도 감사하게도 찬송과 기도를 멈추지 않을 것이다.

○

아버지의 기도

아버지는 오늘도 문자로 기도문을 보내오셨다. 구순이 몇 해 남지 않은 연세에도 오타를 찾기 힘들고 문장도 완벽에 가깝다. 오늘도 무릎 꿇고 엎드려 간절히 기도하실 아버지를 생각하니 눈물이 앞을 가린다. 아버지의 기도 덕분에 나는 박하사탕을 한 주먹 입에 털어 넣은 듯 시원한 호흡을 하고 가슴이 뻥 뚫리며, 정신이 맑아지고 머리가 개운해진다.

아버지는 매일같이 기도문을 보내시는데 그 기도문을 직접 문자로 만드시는 동안 아버지의 간절함이 하늘에 닿을 것이라고 여겨진다. 아버지가 전심을 다함이 느껴지고 그 문자를 읽는 나 역시도 마음이 정화되고 병이 치유되는 기적이 일어나리라

사막에서 온 눈물

는 확신이 든다. 아버지도 젊어서는 병마에 시달리셨다고 한다. 그런데 기도로 간구하고 하나님께 아뢰어 그 응답을 들으셨고, 지금은 건강한 노년을 보낸다고 내게 생생하게 증언하셨다.

내가 뇌종양을 제거하는 개두 수술을 한 지 약 넉 달 뒤에 보내신 문자다(찬송가 370).

사랑이 많으신 여호와 하나님 아버지, 오늘도 은혜와 긍휼로 평안한 마음을 선물로 주심을 감사히 여기고 병든 자를 치료하여 살리시는 그 놀라운 전지전능하심에 또한 감사 기도를 드립니다.

제 딸이 지금 병마와 싸우고 있으니 하나님을 바라보고 회개와 고백의 기도를 올릴 힘을 허락하시고, 희망의 끈을 놓지 않는 지혜도 주옵소서. 또한 변치 않는 믿음을 허락하셔서 완전히 새로운 사람으로 완치되기를 간구하는 일에 힘쓰게 이끌어 주옵소서.

제가 45세에 몸에 병이 나고도 지금까지 40년간 살 수 있었음은 오직 하나님께서 저의 생사화복을 주관하셨기에 가능했음을 시인합니다. 주께 의지하고 간구하였더니 긍휼하게 여겨 구원하시고 하나님께서 저의 삶을 연장하여 더 살리신 줄로 인정합니다.

딸아, 하나님만 믿고 바라보자. 하나님께 영광을 돌리자. 영광을 드리는 일은 오직 감사뿐이니 공의의 빛, 치료의 빛으로 고쳐 주시기만을 기다리자.

아버지의 기도문을 읽으면 힘이 났다. 물에 빠져 허우적거릴 때 던져진 구명보트나 진배없었다. 아버지는 내가 병원에 입원한 날부터 지금까지 문자로 기도문을 전달해 오셨다. 그 기도는 캄캄한 암흑 동굴에 비치는 한 줄기 햇살이었다. 아버지의 기도에 힘입어 험난한 수술 과정을 잘 견디어 회복할 수 있었으며, 희망의 끈을 놓지 않고 오늘까지 낙관적인 사고를 할 수 있게 된 것이다.

병원에 입원한 첫날의 기도문을 잊을 수가 없다. 구약성경 말라기 4장 2절이었는데 '내 이름을 경외하는 너희에게는 공의로운 해가 떠올라서 치료하는 광선을 비추리니 너희가 나가서 외양간에서 나온 송아지 같이 뛰리라.'는 기도였다. 이 세상에 하나밖에 없는 딸을 사랑하는 마음으로 아버지는 울며 낙타의 무릎으로 꿇어 엎드려 그렇게 매일 기도를 쉬지 않고 하셨던 것이다. 아마 딸이 다 나을 때까지, 아니 나은 후에도 계속 그 기도는 이어질 것임을 나는 안다.

어제 보내 주신 기도문이다.

사랑하는 딸아 오늘도 살려 주시는 하나님께 감사드리며 기도하자. 지금 이 순간 만유의 주 하나님이 하늘에서 찬란한 빛, 새 빛, 생명의 빛, 의의 빛을 비추어 치료하시니 감사하자. 오늘도 역사하시어 병든 몸을 고치시고 하늘의 섭리로 다스리시니 감사하며 기도하자.

공의로우신 하나님, 저와 딸의 기도를 들어주옵소서. 절망과 고통을 다 아시고 우리의 무거운 짐을 대신 지시니 감사를 드립니다. 오늘 주의 피로 병든 몸을 정하게 고쳐 달라고 빌고 또 빌고 있으니 최후의 승리자로 만들어 주옵소서. 환난 중에도 지혜와 명철을 주시니 감사합니다. 저 밤하늘의 달빛을 대낮같이 밝은 백색으로 창조하시고 또 시간에 따라 황금빛으로 빛나게도 하시는 이도 하나님이시니, 오! 만물의 창조주시여. 저의 딸을 머리부터 발끝까지 깨끗하게 고쳐 주소서. 소망의 인내로 승리하는 딸이 되도록 인도하여 주옵소서.

이 모든 기도가 이루어질 것을 믿어 의심치 않고 예수그리스도의 이름 받들어 기도드립니다. 아멘.

가만 생각해 보면 체질뿐 아니라 나의 문학적 기질이나 예술 감각도 아버지의 강력한 유전자를 물려받았음이 틀림없다. 아버지는 기도문에도 시를 짓는 것과 같이 아름다운 문장을 쓰고 계시지 않는가.

오늘은 이런 문자를 보내오셨다.

딸아, 하나님 아버지께 감사하자. 지금도 시를 쓰고 있는 너의 모습 참 아름답도다. 온 세계를 지으신 만유의 주께 감사드리자.

내가 병상에서도 글 쓰는 일을 쉬지 않았음을 알고 계신 아버지의 격려가 들어 있는 기도문이다.

아버지는 교회당에서만 기도를 하신 것이 아니었다. 밭에서도 하신 것을 나는 안다. 동생한테 전화가 왔다.

"누나, 아버지가 농사지으신 고구마 두 박스 현관 앞에 두고 갈게요."

작년에 아버지로부터 받은 고구마는 세상 어느 고구마보다 달고 맛있었다. 아버지께 고구마에 대한 감사 인사를 전했더니 올해엔 더 많은 고구마를 보내 주셨다. 아버지는 분명히 고구마 이랑에 앉아 물을 주고 풀을 뽑던 순간에도 기도하셨을 걸 나는 짐작할 수 있다. 이 고구마를 먹은 딸이 가뿐하게 자리를 털고 일어나게 해 달라고 얼마나 간절한 기도를 하셨을까? 그 기도를 생각하니 아버지의 사랑에 감사함이 넘쳤다. 또한 갚을 길 없는 마음에 가슴이 먹먹하게 아려 왔다.

나는 수술실에 들어갈 때 내 영혼이 갈 곳 몰라 헤매고 기댈 곳 없어 슬피 우는 것을 보았다. 그때 아버지의 기도가 도착했다. 그 기도는 전장의 천군만마가 되어 주었다. 아버지의 기도가 당도한 다음 순간부터는 내 영혼은 더는 갈 곳을 잃어 헤매거나 기댈 곳이 없어 흐느껴 우는 가여운 영혼이 아니었다.

오늘도 아버지는 쉬지 않고 기도를 하고 계신다. 평강과 축복의 말씀으로 나를 쓰다듬어 주신다.

아버지, 고맙습니다. 사랑합니다.

○

끝까지 사랑하라

"천국에 들어가려면 두 가지 질문에 답해야 한다는군. 하나
는 인생에서 기쁨을 찾았는가? 다른 하나는 당신의 인생이
다른 사람들을 기쁘게 해 주었는가?"

영화 〈버킷리스트〉에서 암으로 시한부 인생을 선고받은
주인공 카터가 에드워드에게 전하는 고대 이집트인의 이야기
이다.

나는 뇌종양 치료를 위해 감마나이프 광선 치료를 권유받
았다. 치료실에 가려면 머리에 쇠 창틀 투구를 써야만 했다. 투
구를 쓰는 이유는 검사를 실패 없이 성공적으로 받기 위해서였

고, 그 보조 장치라는 고정 틀을 머리에 장착해야만 검사를 무사히 받을 수 있기에 피해 갈 수 없는 과정이었다. 이해가 안 간다면, 벽에 시계를 건다고 생각하면 간단해진다. 시계를 걸 때 벽에 못을 박아 고정하지 않던가. 즉, 투구를 고정하기 위해 벽의 역할이나 마찬가지인 머리뼈에 나사못을 박는다고 생각하면 된다.

그 상황은 실로 끔찍했다. 왜냐하면 귀가 뚫려 있는 한 자신의 머리뼈에 나사못이 돌아가며 박히는 소리를 들어야 했기 때문이었다. 나의 청력은 쓸데없이 좋아도 너무 좋았다. 하지만 이러한 작은 고생은 참을 수 있었다. 살아 있지 않다면 모든 소리가 의미 없어짐을 인지했기 때문이다. 결국 나는 별 탈 없이 투구를 안전하게 쓰고 보이지 않는 창과 방패를 든 병사처럼 씩씩하게 광선 치료실로 입성했다. 하지만 그곳에는 내가 경험한 거대한 공포를 견디어 낸 보상에 비해 너무나 황홀한 뇌 경험이 기다리고 있었다.

과연 나는 인생에서 기쁨을 찾았는가? 다른 사람들을 기쁘게 해 주었는가? 뜻하지 않게 나는 두 가지 질문을 심각하게 생각해 보아야 할 순간에 딱 맞닥뜨렸다. 바로 감마나이프 치료를 받는 시간이 그 질문을 소환시켰다. 여태 그러한 광선치료 한 번을 안 하고도 불편 없이 건강하게 살아왔기에 적잖이 당황했다. 또 몹시 겁이 났다. 그런데 막상 광선 촬영실에 들어가

치료를 받자 나의 뇌파에 엄청난 변화가 찾아옴을 알게 되었다. 한 시간 동안 나의 뇌가 분열과 응집을 반복하면서 엄청난 파장의 움직임 현상을 일으켰다. 이어서 빛의 신생과 환희가 파노라마처럼 나의 머리 가득 레이저 쇼처럼 번지는 뇌 체험을 할 수 있는 시간이 이어졌다.

제리주커 감독의 영화 〈사랑과 영혼〉의 한 장면이 떠오르기도 했고, 베르나르베르베르의 소설 『죽음』 속 장면들이 스쳐 지나가기도 했다. 무언가가 휙휙 날아다녔고 나는 그 순간 그것은 '어떠한 영혼들의 방문'이라는 생각이 들었다. 그 영혼들은 주로 천사들이었다. 눈이 부시게 밝아서 자세히 바라볼 수는 없었지만 내가 아는 지식을 총동원하고 또 지혜까지 모아서 분석한 결과 천사들이 분명했다.

사실, 나는 병이 찾아온 원인에 대해서 '주변 환경이 좋지 않아서'라고 스스로 부정적으로 단정 짓고 있었다. 생로병사의 절차가 아니더라도 고군분투하고 애면글면 살아온 고생의 결과로 병을 얻었다며 나의 환경을 원망하고 있었던 것이 사실이었다. 그런데 치료 과정에서 겪은 뇌파의 움직임은 반전을 가져다주었다. 즉, 긍정적 사고의 전환이라는 선물을 받은 것이다. 내가 원망했던 주변 환경을 이해와 사랑으로 바라보면서 그런 기회와 시간을 주신 신께 감사하는 마음을 가지게 된 것이다.

누구나 태어나서 삶을 살다가 죽음을 맞이한다. 피해 갈 수 없는 과정이다. 대다수 사람들이 바라는 행복한 결말은 장수 후의 영혼의 안식, 즉 장수 후의 자연 소멸일 것이다. 하지만 어디 뜻대로 다 이루어지는가. 그렇지 않음을 우리는 알고 있다.

세포가 더 이상 분화하지 않고 일정 기간 성장한 후 나이가 들면서 신체적·인지적으로 쇠퇴하여 소멸하는 것이 호모 사피엔스의 노화이다. 즉, 나는 노화로 인하여 병이 찾아왔다고 보는 것이 가장 정확했다. 그 사실을 아는 자체가 나에게는 큰 축복이고 특별한 체험이 되어 주었다. 내가 병으로 세상을 떠난다면 그것은 노화로 인한 자연사라는 범주에 드는 일이 될 것이었다. 그러니 지나치게 슬퍼하거나 받아들이지 못할 이유가 없다는 생각이 들었다. 물론 오늘날같이 기대수명이 길어진 상황에서는 짧은 감이 없지는 않지만.

〈천 개의 바람이 되어〉라는 노래가 있다. 내가 지상에서 사라지는 것이 아니니 슬퍼하지 말라는 당부의 노래이다.

나의 사진 앞에서 울지 마요. 나는 그곳에 없어요.
나는 잠들어 있지 않아요. 제발 날 위해 울지 말아요.
나는 천 개의 바람, 천 개의 바람이 되었죠.
저 넓은 하늘 위를 자유롭게 날고 있죠.

죽음을 맞이하기 전에 깨달아야 하거나 시인해야 할 것들
엔 무엇이 있는가. 한 인간의 지극히 개인적인 주장으로 나는
'끝까지 사랑하라.'는 말을 남기고 싶어졌다. 사랑은 범위가 아
주 넓고 대상이 다양할 수도 있다. 나의 경우는 문학에 대한 사
랑이 범주고 대상이다.

현재를 마음껏 즐기라는 '카르페디엠(Carpe diem)'과 자신
의 운명을 사랑하라는 '아모르파티(Amor Fati)'라는 말은 자신
을 주체로 사는 일에 어울리는 말들이다. 인생을 '끝까지 사랑
하라'는 나의 주장과 아주 흡사한 뜻을 가진 말들이다. 그렇게
끝까지 사랑하다 보면, '인생에서 기쁨을 찾았는가? 다른 사람
들을 기쁘게 해 주었는가?'에 대해 '예스!'라고 짧고 굵게 대답
할 수 있을 것이다.

앞으로 우리 모두에게 삶이 얼마나 남았는지는 신만이 아
시는 일이지만, 남은 삶을 끝까지 사랑해야 한다. 우리는 존재
하므로 사라질 것이고 사라지므로 아름답기 때문이다. 끝까지
사랑하는 일 그 이상으로 할 일이 무엇이 더 있으며, 무슨 할
말이 더 있겠는가.

사막에서 온 눈물